Birthday Stories

生日故事集

〔日〕村上春树——编著

孔亚雷　林少华——译

人民文学出版社
PEOPLE'S LITERATURE PUBLISHING HOUSE

图书在版编目(CIP)数据

生日故事集/(日)村上春树编著;孔亚雷,林少华译. --北京:人民文学出版社,2021
ISBN 978-7-02-016039-6

Ⅰ.①生… Ⅱ.①村… ②孔… ③林… Ⅲ.①短篇小说-小说集-世界 Ⅳ.①I14

中国版本图书馆CIP数据核字(2019)第301155号

责任编辑 **卜艳冰 胡晓明**
装帧设计 **汪佳诗**

出版发行 **人民文学出版社**
社　　址 **北京市朝内大街166号**
邮政编码 **100705**
网　　址 **http://www.rw-cn.com**

印　　制 **上海利丰雅高印刷有限公司**
经　　销 **全国新华书店等**

字　　数 **125千字**
开　　本 **889毫米×1194毫米 1/32**
印　　张 **7.125**
版　　次 **2021年4月北京第1版**
印　　次 **2021年4月第1次印刷**

书　　号 **978-7-02-016039-6**
定　　价 **69.00元**

如有印装质量问题,请与本社图书销售中心调换。电话:010-65233595

目录

序言

我的生日，你的生日

村上春树

先说一下生日，关于我个人的生日。

我来世上接受生命是在一九四九年一月十二日，属于“婴儿潮”一代。旷日持久的大规模战争终于结束，好歹活下来的人四下张望一番，然后深吸了口气，结婚，接二连三地生儿育女。不出四五年，世界人口史无前例地膨胀开来。我也是那些无数无名的孩子中的一个。

我们降生于剧烈轰炸后的焦土上，在东西冷战中和经济发展同步成长，一年一岁，很快迎来春暖花开的思春期，接受了六十年代后半期反文化的洗礼。我们满怀理想主义激情，向因循守旧的世界提出异议，听大门乐队[①]和亨德里克斯[②]然后接受了——情愿也罢不情愿也罢——既没那么理想主义也没那么摇滚的现实人生。如今我们已年过半百。人生途中也发生过类似人类登月、柏林墙倒塌等引人注目的事件。当时那些都是具有关键意义的事件，当然那些事件也可能给我的人生某种影响。不过现在回头来看，若问那些事件对自己人生的幸与不幸、希望与失望的平衡有多少变化，老实讲，我并不认为有值得一提的变化。哪怕过的生日再多，哪怕目睹和经历的事件再重要，我也永远是我。归根结底，我觉得自己不可能成为自身以外的任何存在。

现在我开车的时候，往随车音响里放的是电台司令乐队[③]和污点乐队[④]的银色 CD，以此确认岁月流逝这一事实。我如此这般活在二十一世纪。我这个人的本质变化也罢不变化也罢，地球都以同样的速度持续绕着太阳旋转不止。

因此，生日至今仍一年一次地悄然到来。若问迎来生日是否高兴，我恐怕只能回答："啊，倒也谈不上有多高兴。"比如说，由五十三岁变成五十四岁——到底有谁会视之为辉煌的成果呢？

---

① 大门乐队（the Doors），美国摇滚乐队，一九六五年创立于洛杉矶，在乐坛颇有影响。——如无特别说明，均为译者注

② 吉米·亨德里克斯（Jimi Hendrix，1942—1970），美国著名吉他演奏家、歌手、作曲家。

③ 电台司令乐队（Radiohead），英国牛津的摇滚乐队，被誉为当代最伟大的摇滚乐队之一。

④ 污点乐队（Blur），组建于英国科尔切斯特的当代摇滚乐队。

当然，假如某人被医生告知：“无论怎么看你都只能活到五十二岁，虽说让人于心不忍，但我劝你还是别心存侥幸了，赶紧收拾东西写遗书吧！”而此人却顺利迎来五十四岁生日的曙光，那么的确是可喜可贺的事。天大的造化！租一条船开到东京湾正中大放烟花都值得。可是就我来说，不知幸与不幸（当然是幸），记忆中还不曾接到过那样的死亡通知。所以，生日到来也并不怎么欢天喜地。无非吃晚饭时开一瓶多少特殊些的葡萄酒罢了。不过让我待会儿再来谈这个话题。

※

说起生日，我有过一次非常奇异的体验。虽说这里说的奇异终究是个人性质的。

某年生日早晨，我在东京的公寓套间厨房里听广播。一般我会早起写作。四五点钟起来，一个人煮咖啡（妻子还睡着）、烤面包片。喝罢吃完，坐在书房桌前开始写作。做早餐的时间里，一般会打开广播听听新闻。倒也不是特别想听，反正也没什么正经新闻。但毕竟一个人怪无聊的，加上想不起别的事做，只好打开广播。我用水壶烧开了水，正煮咖啡时，广播里的播音员念起了今天一天的“社会日程”，即今天哪里有什么活动之类的。例如天皇陛下在哪里主持植树仪式啦，英国大型客轮驶入横滨港啦，今天是口香糖节各地举行各种相关纪念活动啦（难以置信的是，实际上真有这样的节日，不是说谎），如此不一而足。

最后，播音员将一月十二日即今天过生日的名人的姓名作为“社会日程”的最后一部分列举了出来。其中居然有我！“小说家村上春树今天迎来××岁生日。”我正不思不想半听不听地听着广播，突然听见自己的姓名，差点儿把装有热水的水壶弄个底朝天。“哇！”一声叫罢，我不由得在房间里四下环顾。“所以，”过了一会我才反应过来，“我的生日已经不仅仅是我的了！现在已经被排进了所谓的社会日程之中。”

“社会日程”？

啊，也罢，那个不提也罢，反正此时此刻的一瞬间，日本全国站在（或坐在）广播前的人们当中，可能有几人听见了——毕竟全国性广播——并且想了一下我。例如，“噢，原来今天是村上春树的生日”“哎哟哎哟，村上春树也××岁了”，或者“莫名其妙，村上春树那样的家伙竟也有生日”，等等。不过说到底，整个日本究竟有多少人在黎明前这个奇怪的时刻听广播新闻呢？数万人？而其中又究竟有多少人听出我的名字呢？两三千人？我当然估算不出。

不过，我觉得与世界——与人数多少无关——似乎有某种自然而又柔软的纽带连接着。尽管那不是什么实际上有用的纽带，对一个人的生活也没什么真实的影响。那是一种，我想，当人知道某些人为他或她的生日庆祝时，彼此感觉到的特殊纽带。有一片刻，我在脑海里具体地勾勒出了那条纽带——用料、色调、长度、强度。我还就理想、妥协、东西冷战、经济发展之类想了一阵子。我也想了想上年纪的事，甚至遗言和烟花什么的也下意识地想了。之后停止思考，集中注意力煮可口的咖啡。

我把煮好的咖啡倒入杯子（上面印有“澳大利亚博物馆”的标志，在悉尼买的），拿进自己的房间。然后在桌前坐定，打开苹果电脑，用低音听泰勒曼[①]的管乐协奏曲，开始一天的写作。四周还黑着。一天刚刚开始。这是一年之中特殊的一天，同时又是极普通一天。我一如往日在电脑显示屏前工作。其间或许迟早会有我想乘船到东京湾中央大放烟花那样的戏剧性生日降临。假如真的降临，不管谁怎么说，我都要毫不犹豫地租一条船，怀抱烟花前往寒冬时节的东京湾。但至少今天不是那样，今年的生日不是那样。我面对桌面像平日那样静静地开始一天的写作。

※

刚才说了，我的生日是一月十二日。同一天生日的人还有谁

① 泰勒曼（Georg Philipp Telemann，1681—1767），德国作曲家。代表作有管弦乐《餐桌的音乐》。

呢？一次我在网上查过，发现其中有杰克·伦敦的名字，感到幸福得不得了（顺便说一句，此外还发现辣妹组合中的一个人也是同一天生日）。这是因为，许多年来我一直是杰克·伦敦小说的热心读者。我狂热地读过《白牙》《野性的呼唤》等代表作，就连他不怎么广为人知的那些小说和传记也读了。我喜爱他那简洁有力的文体和具有近乎神奇的现实质感的虚构，喜爱他那像要填补什么空白似的永往直前的、超乎常识的罕见能量。我常常心想这是一位应该得到更高更好的评价的作家。而这样的杰克·伦敦和我亲密共享一月十二日这个生日。杰克·伦敦的生日是一八七六年的一月十二日——比我早七十三年。

一九九〇年初去加利福尼亚旅行的时候，为了表示对这位传奇作家的敬意，我前往索诺玛县的格伦·埃伦那个地方访问他曾经拥有的农场。或者更确切地说，我当时租了一辆车正在纳帕山谷转悠，忽然想起这一带有杰克·伦敦住过的农场！于是查阅导游手册，绕弯去了那里。伦敦于一九〇五年买下了位于格伦·埃伦的葡萄酒厂，把它改造成了一个面积达一千四百英亩[①]的大型实验农场。他在那里建了住宅，一边经营农场一边写小说，直到去世的一九一六年。农场的一部分（约四十英亩）如今作为“杰

① 英亩是英美制面积单位。1 英亩约为 4047 平方米。——编者注

克·伦敦州立历史公园”保存了下来。好漂亮的地方！阳光灿烂，很是幽静，令人惬意的清风抚着青草吹过山丘。我看着他用过的房间和桌子，度过了一个怡然自得的午后。

也是因为有这段愉快记忆的关系，每年生日到来之际，我都会在那天晚餐桌上拔掉“杰克·伦敦葡萄酒”（赤霞珠）的软木塞。虽然这个葡萄酒不是格伦·埃伦而是邻近的肯伍德地区那里出产的，但它毕竟出自一度自称“杰克·伦敦葡萄园”的酒厂，瓶身上的标牌也绘有杰克·伦敦《白牙》封面上那幅狼的图案。我举起酒杯，为这位和我同一天生日的美国优秀作家祈祷。杰克·伦敦喝酒喝得一塌糊涂，最后喝坏了肾，四十岁就死掉了——悼念这样的人用这种仪式或许有欠稳妥。但不管怎样，“杰克·伦敦葡萄酒”是种口感醇厚又略带辛辣味的上好葡萄酒，产量不多，也很难见到，不过读着杰克·伦敦的小说喝起来，的确再合适不过。

※

搜集以生日为主题的短篇小说编个选集，并把它们翻译成日语——产生这个念头的动机十分单纯：因为我连续读到了两篇出色的生日主题小说，一篇是威廉·特雷弗的《蒂莫西的生日》，另一篇是拉塞尔·班克斯的《摩尔人》。每一篇都让我禁不住叫好。

于是我想："这里有两个写生日的绝好短篇，这样下去，够编一本书的篇幅岂不手到擒来！"而且，如果可能，我不打算用那些落在书架深处的经典，而采用近十年来发表的新作品。

接着，我把手头有的短篇小说全部翻出重新读了一遍。又四处搜寻尚未读过的短篇小说和"精选集"那样的东西，天天乐此不疲。这一过程并没有我以为的那么顺利。以生日为题材的短篇小说看起来很多，实际上找起来却很难。面对这一事实，我暗暗吃惊，不知所措。我很好奇为什么会这样？难道用生日这一主题写小说有什么根本的困难吗？还是说，我面对的窘境同主题无关，只不过是平等落到所有选集编者头上的"选集诅咒"那样的东西呢？我过去曾翻译过一些英美故事，但这是我第一次试图做自己的选集。或许我并没有意识到这是一个多么艰难的工作。

琳达·塞克森的《变》和雷蒙德·卡佛的《洗澡》，以前我译过，遂挪用旧译。保罗·索鲁的《骰子游戏》是从偶然读到的长篇小说《火奴鲁鲁旅馆》中选出的一章。丹尼尔·莱昂斯的《生日蛋糕》是在随手翻书当中碰巧发现的。还有一次因为什么想起来丹尼斯·约翰逊的《盾盾》也是生日故事。再加上特雷弗和班克斯的故事，好歹凑了七篇，可是往下就没什么进展了。

走投无路，只好求熟人帮忙。我打电话给每个我能想起来的人询问他们是否知道什么与生日有关的好故事。我在电话上问我在纽约的经纪人，ICM公司的阿曼达·厄本，最近写生日的小说中有没有有意思的。她说："春树，你可真是好运气，上星期《纽约客》刚好刊登了安德莉亚·李那位黑人女作家一篇非常有意思的小说，主题就是生日，我传给你看看！"小说很快用传真传了过来，热气腾腾的，故事本身也很有冲击力。

另外请"救火队员"柴田元幸[①]君介绍了伊森·坎宁一个极好的短篇。这个作品我没读过。柴田君已经译出来发表了，但他痛快答应由我重译收入这部选集。

最后，责任编辑横田朋音君表示"责编不找一篇实在对不住"，于是找来了大卫·福斯特·华莱士的《永远在上》。这样，总算凑得十篇，作为选集，阵容算是大体齐整了。我完全没有想到亲手编一本集子竟会如此困难。较之选编的千辛万苦，翻译不用说轻松得很。衷心感谢柴田君和横田君的帮助。

最后决定——说趁机或许不大好——自己也写一篇"生日谭"短篇小说。毕竟特意参加一次"集会"——出于这样的心情，我眉头都不皱一下地一挥而就。可以说自得其乐。但愿读者读起来也会如此。

一读就不难得知，尽管是"生日谭"，但快乐的作品却很少，

---

① 柴田元幸，东京大学教授，美国文学专家、翻译家。村上春树在翻译方面遇到困难时常请其提供帮助。

有几篇情节相当黑暗。迎来生日的孩子遭遇车祸的《洗澡》诚然有些极端，而对父母耿耿于怀的青年无论如何都不能在生日当天回家的《蒂莫西的生日》、过生日时吸毒却不小心开枪走火射杀了朋友的《盾盾》、死活不肯把生日蛋糕让给少女的冥顽老妪的《生日蛋糕》，等等，故事无不充满凄风苦雨，读之令人叹息。这大概是因为小说家这种人绝大部分不想只抓住社会的表面价值。说起生日，一般人势必来个"生日快乐"，但对于作家，心里想的却是："就让我写个不快乐的！"至少我是这么推测的。即使看上去颇像寓言的天真烂漫的《变》，前来参加少年生日的三个老妪讲的也是没有皮肤的皇帝的故事。读后有种奇妙的乖戾感残留下来。

相反，读罢令人心间敞亮的，是伊森·坎宁的作品。虽然主人公是一个和《生日蛋糕》中的主人公同样固执的老妪，但毕竟有这样的情节——她在同飞进房间的乌鸦和动物保护协会热心的女性的接触过程中，感到心里的纠结倏然松缓开来。中年男子和老妪回想往日性事的拉塞尔·班克斯的《摩尔人》是一篇让人潸然泪下的作品。大卫·福斯特·华莱士的《永远在上》描写少年变成大人的一天，其中荡漾着不可思议的青春气息。

在生日这天赠送"一夜情"这一主题上，虽说有男女之别，但安德莉亚·李的《生日礼物》和保罗·索鲁的《骰子游戏》不相上下。至于结尾是欢快的还是郁闷的，有些不好判断。我不知道别人如何，如果有人送一个这样的礼物给我，只会让人透不过气来。

克莱尔·吉根的短篇小说《在水边》，是在日文版出版后碰上的。读毕感觉非常不错，决定在英文版里补充进去。吉根和特雷弗一样，也是爱尔兰作家。两个人的共同点是写故事时那种自然而然的介入感。这点或许同爱尔兰那方水土有关。

《搭车》出自年轻的美国作家刘易斯·罗宾逊之手，是一篇愉快（而又不无凄寂）的作品。此人的处女作《友好的警察》——介绍这篇小说时有提及——收有另一篇生日主题的短篇小说，同样妙趣横生。选择时颇为踌躇，最终看中了《搭车》中“父亲”的窝囊角色，所以选了这篇。

总之，快乐的故事也好，不怎么快乐的故事也好，但愿在这里收集的十三篇故事中至少有一篇能让你中意。这是作为编者（同时作为作者之一）的恳切而又卑微的期望。祝你同那个故事一起迎来下一个美好的生日。只要我们这个地球继续这样围着太阳旋转，每年必有你的生日来到你的面前，广播报道也罢，不报道也罢，对你而言都是特殊的一天。

拉塞尔·班克斯

（一九四〇年生于马萨诸塞州）

班克斯无疑是当今美国最有影响力的作家。其作品总有个地方势如破竹。每出新书，我无论如何都要买来翻阅。不过，他的小说大多以患有抑郁性强迫症的工人阶层出身的白人男性为主人公，故事充满苦恼和自毁性。有的读者可能多少敬而远之。

与拉塞尔·班克斯那些大刀阔斧（有时略嫌过度）的长篇小说相比，他的短篇小说被谈论得不多，但闷头读起来，像《摩尔人》这样一气呵成的可爱作品还是可以找出几篇的。这是班克斯少有的让人感到温暖的故事，但读罢掩卷，还是会残留下来某种无可排遣的郁闷。这篇故事出自他的短篇小说集《屋顶上的天使》（*The Angel on the Roof*，2000），拿它作为我们这部选集的开篇，最好不过了。

摩尔人

拉塞尔·班克斯

那时大概是晚上十点，我们三个中年男人在微雪中穿过南大街，准备去希腊人酒吧喝一杯。我们刚在老国会剧院的共济会礼堂参加了一场三十二级[①]圣职就任仪式的演出，需要放松一下。我叫华伦·鲁尔，就是走在三个人中间的那个高个儿。我要说的这个故事是关于我的，不过你也可以说是关于盖尔·佛特纳塔的，因为正是那天晚上，在相隔大半辈子之后又遇见她，才有了这个故事。

当时我脸上还残留着化妆的痕迹。我在演出中扮演一个阿拉伯王子——嘴唇涂红，脸上画着一道道黑色条纹。因为礼堂洗手

---

① 共济会中的一种圣职级别。

间里没有冷霜，所以妆没怎么洗干净。他们俩嘲笑说我看上去就像个恐怖的黑鬼。那就是他们的说话方式，我就当没听见。我不像他们那么尖刻，甚至感到很愉快。三十二级仪式那可是种表演活儿，并非随便谁都能胜任。我们三个是好朋友兼生意伙伴——我是卖水暖设备的，萨米·吉伯森从事房地产，瑞克·贝克汉姆则是雪佛兰汽车经销商。

希腊人酒吧是间小餐馆兼酒吧。我们像常客那样从后门穿过厨房走进去，冲希腊人和他的店员打了个招呼，我们的确是常客，而且喜欢强调这点。一些小特权。萨米和瑞克无聊地碰了碰其中一个女侍者，那个漂亮的金发小女孩，又开了那个新来的同性恋侍者几句玩笑，那小子立在靠近厨房门口的偏远角落，根本听不到他们在说什么。两个自以为是的家伙。

希腊人问我脸上的油彩是怎么回事。教会活动，我告诉他。他不是共济会信徒，我想他大概属于正统的东正教或其他什么教派，不过他知道我们的活动。当我们经过一张布置得有点特别的桌子时，我发觉那桌人中有个老太太正直勾勾地盯着我看，那只是个普通老太婆，但她的眼神引起了我的注意。有半秒钟我以为自己认识她，但随即就否认了。我继续往前走。那老太婆体型庞大松垮，一双明亮的眼睛，大概快八十了，或许已经八十多了。一个字：老。

萨米、瑞克和我径直走到酒吧最里面坐下，点了喝的，老三样，我们聊了一会儿外面的雪，对这样在一起感到安稳，心满意足。我们想起自己的妻子、前妻、长大成人的孩子，他们都不在身边。我们可以待到很晚也无需内疚。

我隔着座位偷偷看了她几眼——稀疏的银灰色头发，脖子上下垂的赘肉，瘦长干瘪的脸颊上布满了老年斑。见鬼的老太婆。她正在跟家人举行某种庆祝聚会——两个四十多岁、看上去像她儿子的男人和他们的妻子，以及一个乏味的十几岁女孩，五个人都又肥又笨，一脸的呆板恭顺。相比之下，那个老太婆尽管一把年纪，看起来却很睿智、通达。她穿一套栗色的针织羊毛套衫，盛装打扮。年轻时显然是个很吸引人的女人。

我扔下萨米和瑞克，走到希腊人跟前问他："那老太太是谁啊？他们在干吗？"

希腊人认识她的两个儿子，他们有个意大利姓氏——他想是叫佛特纳塔。"别在意，"我说，"我只是有点好奇。"

"那老太太在过八十大寿，"希腊人说，"我们都应该活那么久，对不对？你认识她？"

"不，我想不认识。"女侍者们和那个同性恋侍者吵吵嚷嚷地唱起了"生日快乐"，但酒吧里几乎已经空了，人们似乎都被下雪吸引走了，那个老太太脸上露出庄严的微笑。

我对萨米和瑞克说："我想我在什么地方见过那个老妖精，但记不起在哪儿了。"

"是客户吧。"萨米嚼着花生米说。

瑞克也那么说："客户吧。"说完俩人照旧吃喝。

"也许是女朋友。"萨米加了一句。

"哈——哈。"我回应道。

电视上凯尔特人队对尼克斯队的比赛转移了他们的注意力。两次加时赛。最后尼克斯队赢了，我们也该回家了。雪已经积了起来。我们披上外套，付了账，这时，就在我们要走的时候，那个老太太的生日聚会也正准备结束，当我经过他们桌子时，她一把抓住我衣袖，叫出了我的名字。她的口气带着一丝怀疑。"华伦？华伦·鲁尔？"

"是我，你好。"我说，并朝她笑笑，但我还是想不起来她是谁。

然后她说了："我是盖尔·佛特纳塔。华伦，我们认识可有些年了。"说着，她深情地笑了。刹那间所有——或几乎所有——往事都历历再现。"还记得我吗？"她问。

"记得，当然记得，怎么会不记得。盖尔。你还好吗？天哪，时间过得可真快。"

她点点头，还在微笑。"你脸上怎么了？化妆了？"

“是的。一场小演出。没有冷霜所以没洗干净。”我不好意思地解释道。

“我很高兴你还在演出。”她说。然后她把我介绍给她的家人。“这是我的家人。”——就这么简单。

“嗨。”我说，然后我开始介绍我这边的萨米和瑞克，但他们已经站在门口了。

“再见，华伦，别做什么出格的事。”萨米说。瑞克挥了下手，然后他们出去了。

“这么说，今天是你生日，盖尔。生日快乐。”

“哦，谢谢。”她说。她的家人都开始站起来穿衣服，只有盖尔还紧紧抓着我的袖子不放，接着她说：“坐一会儿，华伦。我们已经多少年没见了，三十年了。想想看。”

“妈，”她儿子说，“很晚了，又下着雪。”

我拉过盖尔身边的一把椅子坐下。我突然发现自己正在毫不掩饰地盯着她的眼睛，我想在那双眼睛里找到当年那个女人，那个当我还是小伙子时曾交往过几个月的女人。那时我刚刚二十一岁，而她已将近五十，结了婚。她现在这两个中年发福的儿子那时都还只有十几岁，瘦得皮包骨头。但我无法从这个老太婆的脸上找到当年那个女人。如果说当年那个女人已经消失了，那么当年那个小伙子也已经不复存在了。

她抬起头看着其中一个儿子说：“迪克，你们先走。华伦会开车送我回去，对不对，华伦？”说着，她转向我。“我住在高地区迪克的房子里。那不会让你太绕路吧？”

“不会。我也住在高地区。奥尔顿森林公寓。我刚搬到那儿。”

“好吧。”迪克有点担忧地说。看来他已经习惯了争不过他母亲。他们一个个在她脸颊上亲过去，并再次祝她生日快乐，然后鱼贯而出走到雪中。一台扫雪机驶过街头，发出刺耳的声音。除此之外，街上一辆车也没有。

希腊人和他的伙计开始打扫卫生，盖尔和我又聊了一会。她的眼睛有点红润，但她没有哭，而是在微笑。她那双明亮的蓝色眼睛上似乎结了一层透明的薄膜。现在，努力辨认的话，我已经能依稀看出一丝她当年的影子，仿佛时光在暗处倒转。那时她有一头浓密的暗红色头发，白皙的肌肤光滑得就像瓷器，宽肩膀，个头就女人来说算高的，几乎和我一样高，这我记得很清楚，有次她和她丈夫带我去参加一个 VFW[①] 派对，她丈夫玩牌时我们曾一起跳舞。

“你已经长成大帅哥了，华伦，”她说，说完低笑一声，“我的意思是，你还是那么帅。”

---

① 美国公益组织“参加过境外战争的退伍老兵协会”的简称。

“哪有。老了。人只能年轻一次，不是吗？”

“我们刚认识那会儿，华伦，我正是你现在的年纪。”

“是啊。我猜差不多。想想挺怪的，是不是？”

“你离婚了？你看上去像离过婚的样子。”

“是的，离了。离了好几年了。有三个女儿，都大了。我甚至已经做外公了。跟你那美满的婚姻一比，可差远了。”

“我不想听这些。”

“好吧。那你想听什么？”

“让我们喝一杯，再稍微聊会儿，看在过去的分上。然后你就可以开车送我回家了。”

我说“好的”，我问正在收银机上忙乎的希腊人现在来杯睡前酒会不会太晚。他耸耸肩表示无所谓，于是盖尔要了杯雪利酒，我跟平常一样，伏特加掺汤力水。酒保正在擦拭冷却器，所以希腊人快步走回吧台，亲自倒了酒端来放到我们面前。“我请客。”他说，然后回去继续算他今晚的收成。

“很奇怪，是不是，我们居然从没遇见过，”她说，“这么多年。你去了康科德，而我一直待在朴次茅斯，即使在孩子们都离开之后。弗兰克在那儿工作。”

“是啊，怎么说呢，我猜有时候五十英里就够远了。弗兰克还好吗？”我问道，问的同时我意识到他至少比她还要大十岁。

“他死了。弗兰克一九八二年死了。”

“哦，老天。我很难过。”

“我想问你一些私事，华伦。我希望你不要介意。”

“不会的。问吧。”我呷了口酒。

“以前我一直不敢问你。因为我觉得那会让你感到更加不安，当时你对我们在一起是那么害怕，对自己又那么不自信。”

“是的，一点不假。那时我多大，二十一？而你呢，不说叫人心慌，至少也是引人瞩目。已婚，有小孩，在我眼里，你是个久经世故的女人。而我只是个刚出门打工的水管工学徒，一个孩子。”

“不仅如此，华伦。你的感情非常细腻。所以我会那么轻易就喜欢上你。我觉得有一天你会成为著名演员。我想鼓励你。”

“你确实鼓励了我。”我神经质地笑笑，因为我不知道谈话会向哪个方向发展。我又喝了一大口酒，然后说：“这些年我参加了很多演出，你知道，那些地方活动，其中有些演出相当严肃。没什么大出息。但我一直在坚持。当然，现在我演得不多了。但你确实鼓励了我，盖尔，我很感激你。”

她嘬起嘴唇啜了一口雪利酒，就像只鸟。“那好，”她说，“华伦，当时你是处男吗，遇见我的时候？”

“哦，老天。我说，这可真是个好问题，不是吗？”我笑起来。

“难道这就是你这么多年来一直想知道的问题？你是不是我的第一个女人？哇哦。这简直……嘿，盖尔，从来没人问过我这个。直到今天，在这儿，三十年后。”我朝她微笑，但笑意很快就变得僵硬。

“我就是想知道，亲爱的。不管怎么样，你从来都没说过。我们共同守着一个大秘密，但我们从没真正谈论过我们自己的秘密。我们谈论戏剧，我们谈了次小小的恋爱，然后你就走了，而我则留在弗兰克身边慢慢变老，越来越老。”

“你那时不老。”

“就和你现在一样老，华伦。”

“没错。但我并不老。”

“好了，你是吗？”

“是什么？处男？”

“你不一定要回答，如果你感到为难的话。”

我拖延了几秒钟。女侍者、那个新来的小子和酒保全都已经走了，只剩下希腊人坐在吧凳上看“夜线”节目。我可以对她说真话，我也可以撒谎，我甚至可以完全不理会这个问题。很难说哪个更好。最后，我说：“没错，我是。遇见你的时候我是个处男。那是我的第一次。”我告诉她。她靠回椅子上，定定凝视着我的脸，微笑起来，就像我刚刚送了她一个完美的生日礼物，一个谁也不知道她想要的礼物，一个她一直不敢开口要的礼物。那是个美丽的微笑，充满感激和自豪，让人感觉一下子回到了我们初遇的日子。

她把她那小小的、满是裂纹的手伸过来放到我手上。她说："我一直都不敢确认。但是每当我回想起那些日子，每当我回忆起我们在你房间里会面的情形，我总是假设那是你的第一次。甚至当时我们在一起的时候，我也是那么假设的。对我来说，那有种特殊的意义。"

有一会儿我们都没再说话。然后我打破了沉默。"我们走怎么样？他们要关门了，雪又下得这么大。"她表示同意，我帮她套上外套。我的车就停在半个街区外，但这是一次缓慢的旅程，因为人行道有点儿滑，她走得非常小心。

当我们坐进汽车沿着主街向北驶去的时候，我们继续沉默了一会儿，最后我对她说："你知道，盖尔，这些年我也有件事一直想知道。"

"是吗？"

"是的。不过你不一定要告诉我，如果你感到为难的话。"

"华伦，亲爱的，到了一定年纪，什么都不会让你感到为难。"

"对，没错，是那么回事。"

"你想知道什么？"

“好吧，我想知道，除我之外，你是不是一直都忠于弗兰克。在我之前和之后。”

毫不犹豫地，她说：“是的，我一直都忠于弗兰克，无论在你之前和之后。除了我丈夫，你是我唯一爱过的男人。”

我并不相信她，但我明白她为什么撒谎。这次轮到我微笑着把手伸过去放到她手上。

余下的路我们没再说什么，除了她指给我去她儿子房子的方向。那是一栋普通的砖石平房，坐落在老兵工厂旁边一条弯曲的街边。走廊上的灯亮着，但房子的其他部分都是黑的。“太晚了。”我对她说。

“的确。”

我走出来，绕过去帮她从车里下来，然后扶她顺着甬道走到门前。她从钱包里掏出钥匙打开门，然后转过身，抬头看着我。她没有以前那么高了。

“很高兴今晚能见到你，”她说，“也许我们再也不会见面了。”

“怎么会，我们可以再见面。只要你愿意。”

“你还是那么体贴，华伦。我真高兴。我没看错你。”

我不知该说什么好。我想吻她，于是我就吻了，我弯下身，双臂环抱住她，非常温柔地吻上她的嘴唇，然后再稍稍加重一点。她回吻我，吻的力度刚好足以让我知道她也在回忆，回忆曾经的一切。我们就那样抱了好久。

然后我退后一步，她转身过去，打开门，回头看了我最后一眼。她绽开微笑。“你脸上的妆还在，”她说，“是什么戏？我忘问了。”

“哦，”我说，我飞快转动脑筋，因为我记得她是个天主教徒，大概对共济会所知不多。“《奥赛罗》[①]。”我说。

“好戏，你演那个摩尔人？”

“是的。”

她仍然微笑着，用手慢慢推了我一下，仿佛要让我消失，然后转身走进去。当门在她身后关上的时候，我真想就那样在台阶上站一整夜，就那样呆呆地看着雪花飘落，看着甬道上我们的脚印被雪覆盖。但时间实在太晚了，明天还要上班，于是我走了出去。

开车回家的路上，我唯一能做的就是忍住不哭。我对自己说，时光来过，时光走了，时光一去不返。而眼前的这一切就是我的所有。汽车在雪中穿行。雪花扑面而来，看上去恍若我刚与一位老太太之间交换的那点点爱意。我全神贯注地开着车。

---

① 《奥赛罗》是莎士比亚的名剧，讲述的是威尼斯公国的勇将奥赛罗与元老的女儿苔丝狄梦娜相爱，但由于他是黑皮肤的摩尔人，婚事未被允许。两个人只好私下成婚。奥赛罗手下有一个阴险的旗官伊阿古，一心想除掉奥赛罗。他先是向元老告密，不料却促成了两个人的婚事。他又挑拨奥赛罗与苔丝狄梦娜的感情，说另一名副将凯西奥与苔丝狄梦娜关系不同寻常，并伪造了所谓定情信物。奥赛罗信以为真，在愤怒中掐死了自己的妻子。当他得知真相后，悔恨之余拔剑自刎，倒在了苔丝狄梦娜身边。

丹尼斯·约翰逊

（一九四九年生于德国慕尼黑）

约翰逊固然是个富有魅力的优秀作家，但他的作品并不是每个人都能接受的。作品力度有时也并不均衡。以棒球投手打比方，好的时候好得不得了，而去向则问球去好了。约翰逊说，他是在吉米·亨德里克斯的吉他独奏影响下开始写作的，你有点能理解他的意思。但短篇集《耶稣之子》(*Jesus' son*）是一部十全十美的作品集，可以无条件地推荐给任何一位喜欢当代小说的读者。

《盾盾》收在《耶稣之子》里面。那冷冰冰的口吻，那干巴巴的暴力，读后莫名其妙沉甸甸地压在心头。人从哪里来又到哪里去？其中有所谓的救赎吗？不管这些问题的答案是什么，盾盾只有一种方式度过自己的生日。

盾盾

丹尼斯·约翰逊

我出城去盾盾住的农庄，想找他弄点药用鸦片，但这次运气不佳。

看到我他打了个招呼。他正从屋里出来，朝前院的水泵走去，穿着新的牛仔靴、皮背心，法兰绒衬衫挂在牛仔裤外面，嚼着口香糖。

“麦金尼斯今天不太舒服。我刚才给了他一枪。”

“你是说你杀了他？”

“我不是有意的。”

“他死了？”

“没死。只是倒了。”

“你是说他还活着。”

“噢，当然，还活着。他在后屋歇着。”

盾盾走到水泵边，开始扳动把手。

我绕过屋子从后面走进去。从后门口就能闻到屋里狗和婴儿的气味。小妞站在对门，看着我走进去。靠墙站着的是布鲁，她正在一边抽烟一边若有所思地挠着下巴。杰克·胡泰坐在一张旧桌子上点烟斗，烟斗口用锡纸包着。

看见只有我一个人，他们三个便转过去继续看着麦金尼斯。麦金尼斯孤零零地坐在沙发床上，左手小心地搭在肚子上。

“盾盾开枪打他？”我问。

“反正有人开枪打了人。”胡泰说。

盾盾从我后面走进来，一手拿着瓶啤酒，一手拿着盛了水的瓷杯，对麦金尼斯说：“给。”

“我不想喝。”麦金尼斯说。

“行。那，给你这个。”盾盾把手里剩下的啤酒递给他。

“不要，谢谢。”

我有点担心起来。“你们不送他去医院什么的？”

“好主意。”小妞讥讽地说。

“正要去，”胡泰解释道，“不过我们开车撞上了那边棚子的拐角。”

我从侧窗望出去。这是蒂姆·毕晓普的农庄。我看见蒂姆的普利茅斯，一辆很漂亮的灰红色老爷车，从侧面撞进棚子，取代了一根角柱，角柱躺在地上，车子则撑住了棚顶。

“前挡玻璃全碎了。”胡泰说。

“你怎么会把车开到那儿去？”

“一切都乱套了。”胡泰说。

“蒂姆呢？蒂姆在哪？”

“他不在。”小妞说。

胡泰把烟斗传给我。是大麻，不过已经快烧完了。

“没事吧？”盾盾问麦金尼斯。

“子弹嵌在肉里。能感觉到。”

“还好，”盾盾说，“弹头没引爆，我想。”

“哑弹。”

“是啊，哑了那么一点。”

胡泰问我：“你愿意用你的车送他去医院吗？”

“行。”我说。

“我也去。”盾盾说。

“你还有鸦片吗？”我问他。

“没了，”他说，“那是生日礼物。我已经全用掉了。”

“哪天是你生日？”我问。

“今天。”

“你不该在生日之前就把礼物全用掉。”我恼火地对他说。

但我很高兴有这么个发挥作用的机会。我要帮忙帮到底，把麦金尼斯安然无恙地送到医生那儿。人们会谈论这件事，我希望被人喜欢。

车里有盾盾、麦金尼斯，还有我自己。

这是盾盾的二十一岁生日。我是在约翰逊县的拘留所里认识他的，我这辈子就坐过那么几天牢，大概在我十八岁那年的感恩节。我比他大一两个月。至于麦金尼斯，他永远都是个老混混，事实上，我，我本人，就娶了他过去的一个女朋友。

我们出发了，我尽可能把车开得飞快，同时又注意不让中枪的伤者颠得太厉害。

盾盾说：“刹车怎么样？修好了吗？”

“应急刹车是好的。够用了。”

“收音机呢？”盾盾敲了下开关，收音机发出一阵绞肉机似的电波声。

他把它关掉又打开，这次它响得像台整夜都在磨石头的机器。

“你感觉怎么样？”我问麦金尼斯，“好点了吗？”

“你说呢？”麦金尼斯反问道。

这条路又长又直，穿过干旱的田野，一眼望不到尽头。你会觉得天上没有空气，而大地是纸糊的。我们不是在移动，我们只是在变得越来越小。

关于这片土地还有什么可说的？黑鸟在它们自己的影子上空盘旋，它们下面，母牛们呆立在那儿，互相嗅着对方屁股。盾盾把口香糖吐出窗外，手伸进衬衫口袋掏出他的云斯顿香烟。他用火柴点燃香烟。真没什么好说的。

“这条路好像永远开不完。”我说。

“糟糕的生日。”盾盾说。

麦金尼斯面色苍白，病恹恹的，在座位上无力地支撑着身体。我以前也见过他有一两次像这样，在他没中枪的时候。他有严重的肝炎，经常让他疼痛难忍。

“你能保证什么都不向他们说吗？”盾盾对麦金尼斯说。

“我想他听不到。”我说。

“告诉他们这是个意外，知道吗？”

有很长一会儿麦金尼斯没吭声。最后他说：“知道。”

“你能保证？”盾盾说。

但麦金尼斯没有回答。他死了。

盾盾看着我，眼里含着泪。“你说怎么办？”

“你什么意思，我说怎么办？你以为我明白这一切到底是怎么回事？”

“他死了。”

“是的。我知道他死了。”

“把他扔下车。”

“妈的没错，把他扔下车，”我说，“现在我哪儿也不用带他去了。”

有一阵子我都睡着了，就在我一边开车的时候。我做了个梦，梦里我想告诉人们一些事，但他们总是不停打断我，一个令人沮丧的梦。

“我很高兴他死了，”我告诉盾盾，“因为他，人们才叫我笨蛋。”

盾盾说：“别为这种事生气。”

我们沿着艾奥瓦州的残骸一路飞驰。

“我可不在乎做个杀手。”盾盾说。

史前时期冰川运动曾经把这片地区压得粉碎。干旱已持续多年，古铜色的尘雾笼罩在平原上空。大豆作物种了又死，那些没能存活的枯萎的玉米秆子摊在地上，就像一排排的女人内衣裤。大部分农民甚至不再种植了。所有人造景观都被抹掉了。感觉就像基督降临之前的世界。也许基督确实会降临，但我们必须等上很久。

盾盾在丹佛城外的湖边对杰克·胡泰严刑拷问了一番。他这么做是为一件失窃的东西，一台立体声音响，属于他女朋友，或者他妹妹。后来，盾盾又在得克萨斯的奥斯丁当街用一条卸轮胎的撬棒把一个人差点活活打死。总有一天他也得为此付出代价。不过此刻，我想他正待在科罗拉多的州立监狱里。

要是我告诉你他心里也有仁慈，你会信吗？他左手不知道右手在干什么。某种重要的联结被烧断了。如果我打开你的头壳，用一块火烫的烙铁在你脑袋里搅来搅去，那么或许你也会变成那样。

威廉·特雷弗[①]

（一九二八年生于爱尔兰科克市）

特雷弗自二十世纪五十年代后半期开始，发表了许多长篇小说和短篇小说，获得了世界性的好评。《蒂莫西的生日》这部作品收于一九九六年印行的短篇集《雨后》（*After Rain*）。小说中描绘的世界很多时候即爱尔兰阴晦天空的写照，闷乎乎，阴沉沉，仿佛命中注定。人们背负着他人强加于己的重物默默行走不止，走去天涯海角也休想从其重负下解脱。但是，如有人评价的那样："特雷弗虽然一再描写失望，但其作品绝不令人失望。"

他小说的特点在于：简约精确而鲜活灵动的描述，主人公形象定位得恰到好处，刀锋一般锐利而又不失神奇温情的小说式视线。即使这部短篇也可让你感受到那种独特的情致。去爱尔兰旅行过的朋友再看这部小说的场景描写，肯定会点头赞叹：是的是的，爱尔兰绝对是这种感觉！

① 威廉·特雷弗于二〇一六年在英国萨默塞特郡去世。——编者注

蒂莫西的生日

威廉·特雷弗

他们做了跟往常一样的准备。夏洛特买了一小只羊羔腿，挑了点紫甘蓝和薄荷叶。全是蒂莫西最爱吃的，专为每年的四月二十三日而买，今年的这天是个礼拜四。奥德负责保证让金酒不会太少——蒂莫西喜欢的喝法是，一杯金酒加汤力水，然后再来一杯。奥德对此并不反对，实际上他是不反对特意备点金酒，因为除此之外家里也不会喝酒。

他们是一对六十多岁的老夫妻，结婚四十二年来几乎从未分开过。奥德个子很高，瘦得像根稻草，削瘦的五官，斑斑点点的秃顶，上面还残留着稀疏的头发。夏洛特小巧玲珑，依然很漂亮，灰发向后梳得一丝不苟，眼神里有稍许动人的忧郁。蒂莫西是他们唯一的孩子。

奥德决定生火，他把一只旧的种子箱剁碎了做引火柴，在篮子里装满木头和泥炭。石头鸟在高树上喋喋不休地鼓噪，它们的巢已经筑好——比去年多，奥德注意到。下过一阵雨，院子里的鹅卵石还是湿的。青草，偶尔也有狗舌草或酸模草，染绿了鹅卵石间的空隙。也许过几天，等蒂莫西走了，他会用除草剂把它们清一遍，就像每年四月他都要做的那样。连着院子的棚屋也需要关心一下，它的木门底部已经烂了，灰泥墙的白涂料变成了灰色，窗户缝里长出了黑莓。奥德决心今年要整治一番，但甚至就在这么想的时候，他就已经知道，他是不会动的。

“冷吗？”夏洛特在他穿过厨房时问，他说是的，外面有点儿凉。厨房因为有炉灶从来不冷。很久以前他们就打算把这个炉灶换成一个二手的、夏洛特听说过的将军牌燃气灶，但到了关键时刻奥德总是不愿意，再说也没有闲钱。

在客厅，奥德开始生火，他把旧账本上的纸页揉皱，因为家里没订报纸，也难得有人去买：他们有收音机和电视，能跟上这个世界。账本现在对谁都没用，完全属于过去，属于奥德祖父和更早的几代。它们被特意放在壁炉边的一只橱柜里，干燥的纸页从来都很好点火。**石板瓦：二英镑十五先令**，奥德边看边把引火柴摆在倾斜的字体上。他点燃一根火柴，堆到木头和泥炭上。雨点打在长格窗上；一阵突然的强风把花园里什么东西吹翻了。

夏洛特把迷迭香揉进她在羊羔肉上割开的口子里。她的动作很敏捷，长期的经验让她熟能生巧。她在一只流水的龙头下洗掉指尖的油脂，把剩下的迷迭香放到一边，尽管她不太可能再用到它：她讨厌扔东西。

炉子很慢；虽然时间还早，但肉必须在半个钟头之内放进去，十一点钟还要烤土豆——蒂莫西的另一种最爱。黏稠的乳脂松糕，里面有蛋奶沙司、山莓酱和果冻——一种儿童布丁——夏洛特昨天晚上已经做好了。等蒂莫西来了，他会切点薄荷做薄荷酱，他最早的童年家务之一。那时他还是个胖乎乎的小男孩。

※

“我去不了。”蒂莫西在金纳利先生最近留给他的那套公寓里说。

埃迪没有回答。他翻看着《爱尔兰时报》，希望它是更轻松点的《星报》或《快报》。他无聊地注意到学校的入学考试将被取消，将有一次犬类大清理，不管那是什么，在利姆里克进行。

“我开车送你。”他提议道。这样他自己的计划就被蒂莫西的变心打乱了，但他不让自己的声音透出不快。他本来想等房子里只剩下他一个人就立刻收拾行李离开：坐巴士到N4公路，搭个长途便车，然后一切从头开始。“没问题，我送你去，”他说，“没问题。”

这个建议根本不值一提，蒂莫西心想。甚至不值一谢。三十三岁的蒂莫西不再胖乎乎了，他顺滑的金发扎成马尾。当他微笑时，左脸颊上会出现一个酒窝，那成了他的特色。这天早上，跟通常一样，他穿着法兰绒长裤和一件深蓝色夹克，一条纯蓝色领带系在他纯蓝色衬衫领尖有纽扣的领子里。

“快到之前我可以下来，”埃迪提议，“你在里面的时候我可以散散步。”

“我说的是我没法面对。”

然后又是一阵沉默，其间埃迪无声地叹了口气。他知道蒂莫西过生日的传统，因为日子快到时他们曾多次谈起。那栋叫库拉廷的房子已经向他描述过：离贝廷格拉斯村四里远，一条短短的林荫道通向已经被移走的围墙大门，客厅一扇褪色的绿门，院子里的高草，废弃的暖房。而蒂莫西的家人——蒂莫西总是这样叫他们——宛如就在眼前：夏洛特的微笑与奥德的严肃，他们对彼此的钟爱明显地表现在一言一行里，还有他们对库拉廷的钟爱。奥德剩下的那点头发是夏洛特理的，蒂莫西说你可以看得出来。你也可以看出来——哪怕不看他们的生活环境——他们没什么钱：他们穿的衣服都很旧。听着这些描述，埃迪可以想象出客厅窗下的巴格代拉[①]台球桌和壁炉上方奥德的祖先画像，饰有纽扣的绿沙发，从印度或埃及带回来的小地毯。这种祖上留下来的一点典雅和气度在餐厅里，在门厅和楼梯的墙上——那儿挂着更多的画像——也有类似的体现。如今餐厅一年只用一次，那就是四月二十三日。除了奥德跟夏洛特住的那间，其余的卧室都有一股霉味，天花板上是一块块发潮的灰斑，石膏也掉了。蒂莫西的房间，那儿他已经十五年没睡过了，还保持着原状，但有个角落墙纸已经鼓了起来，卷曲在墙面上。电视和收音机放在厨房，除了蒂莫西的生日午餐，奥德和夏洛特每顿都在那儿吃。厨房的大小对一般用途已经绰绰有余：一只碗柜塞满了餐具和用了一辈子的零碎东西，一张擦干净的长桌摆在石砖地上，围着几把直背餐椅。另外，还有两把奥德从客厅拿进来的扶手椅，一台蒂莫西送给他母亲的洗衣机，水槽两边都摆着木质沥水盘，镶条天花板上有火腿钩，通向洗涤室的门上有一排弹簧钟。一个令人愉快的地方，那个厨房，埃迪觉得。但蒂莫西说那儿是他家的主要部分，不管他是什么意思。

“你能去吗，埃迪？你能过去解释一下吗？就说我身体不

① 一种老式的桌球游戏，游戏者需用手使球通过由一些小木柱组成的障碍，掉入被小木钉圈起的洞口，是现代弹珠游戏的前身。

舒服。”

埃迪犹豫了一下。然后他说：

“金纳利先生去过那儿吗？”

“没有，当然没有。这不一样。”

听到那个回答，埃迪走出房间。金纳利先生太重要了，不可能以那种方式传口信。金纳利先生送过蒂莫西的生日礼物有：戴在他腕上的手链、鞋和套头衫。“听着，我可不想你在我身上花钱。”蒂莫西一两天前说。于是原本也没打算花钱的埃迪，就连张生日卡片都没买。

他在厨房里做咖啡，真正的标利[①]咖啡，量好放进过滤器，就像蒂莫西教他的那样。喝速溶咖啡会得癌，蒂莫西宣称。埃迪是个结实的十九岁小伙子，一头黑色的鬈发，他每天都朝上面喷发胶。他的眼睛生得有点斜，让他显得有点鬼鬼祟祟，这准确地反映了他的个性，一种机警的个性，凡是重要的机会都逃不出他的视线。等离开这套芒乔伊街的公寓，他打算要安定一点，也许找个正经女孩住下来，也许生个孩子。待在这儿的五个月里他很满意这套公寓，尽管——私下里——他并不太喜欢某些方面的安排。以前，很短暂地，埃迪给一个水管工当过学徒，但对那他也不太

① 标利（Bewley's），爱尔兰著名的咖啡豆和茶叶品牌。

喜欢。

他把杯碟放到托盘上，连同咖啡、牛奶和一盘羊角面包，一起端进起居室。蒂莫西在放 CD，一种埃迪不太喜欢但从未说过的音乐，庄严洪亮。高保真音响是 B&O[①]，金纳利先生生前的财产，和公寓里所有其他东西一样。

“为什么不去？”蒂莫西问道，用他椅子扶手上的遥控器调低音量，“为什么不去，埃迪？”

“我没法那样做。我开车送你……”

“我不去。”

蒂莫西把音量调得更低。当他接过埃迪给他的咖啡杯，他那两只长长的上尖牙又像有时出现的情况那样闪出亮光，酒窝出现在他脸上。

“我要你做的就是传个信。就当帮我一个忙。”

“电话……”

“那地方没电话。你就说我今天感觉不对所以去不了。”

蒂莫西掰开半个羊角面包，他喜欢的那种，里面有培根碎末，是埃迪在菲兹面包店买的。帮个特别的忙，他柔声重复道，从这个词里埃迪感到了更多压力。蒂莫西付钱，蒂莫西说了算。好吧，

① 全称为 Bang and Olufsen，著名的丹麦音响品牌。

这是游戏规则，埃迪对自己说，并开始估算过去五个月里他赚了多少。

※

那扇褪色的客厅门，里面也是绿色，因为通风被封了起来。进屋要从后面，穿过鹅卵石的院子，走到通向洗涤室的那扇门。

“他来了。”当有汽车声传来时夏洛特喊道，过了几分钟，等奥德从门厅来到厨房，从洗涤室过道上传来了脚步声，接着是厨房门上犹豫的敲门声。由于蒂莫西从不敲门，两个人都感到很奇怪，更奇怪的是一个他们不认识的年轻人出现在门口。

“啊。”夏洛特说。

“他今天不太舒服，”年轻人说，“有点不对劲。他问我能不能过来跟你们说一声。”年轻人停下来，然后又补充说：“因为你们没有电话。”

夏洛特的脸色慢慢变了，她的面颊成了粉红色。生病让她担心。

“谢谢你来告诉我们。”奥德生硬地说，他语气里的冷淡让这个年轻人想马上离开。

“他不要紧吧？”夏洛特问。年轻人说就是发虚，一早上都在马桶上，不敢长时间坐车。他叫埃迪，他解释说，蒂莫西的朋友。或者说，他补充道，其实是仆人，要看你怎么看。

奥德按捺自己不去想这个年轻人的身份。他也不希望夏洛特去想，就像长久以来他都不希望她去想金纳利先生是谁。“金纳利先生死了，”去年的今天蒂莫西说，就站在离现在年轻人站的地方不远，正忙着喝第二杯兑汤力水的金酒，“他把什么都留给我了，公寓，罗孚汽车，所有。”这个老男人不在了曾让奥德松了口气，但无法阻止他去想那笔不正当的遗产。那套芒乔伊街的公寓，在都柏林是一流的，里面乔治王时期风格的石膏装饰被修复得天衣无缝，因为金纳利先生就是那样的人。他们听说过那套公寓，包括其中的陈设，就像埃迪听说过库拉廷。蒂莫西喜欢描述东西。

“有次他肚子痛，”夏洛特用做母亲的回忆口吻说，“我们吓坏了。我们以为是阑尾炎，但最后不是。”

“他会自己休息，他会好的。”年轻人咕哝着，不敢看他俩的眼睛。贼眉鼠眼，奥德心想，一看就不是好东西。他脚上的鞋，这年头常见的那种运动鞋，以前是白色，现在脏兮兮的。他的黑裤子完全没有型；他的脖子光着，绘有某种动物图案的红毛衣下面看不见衬衫。

“谢谢你。”奥德再次说。

“喝点东西？”夏洛特提议，“咖啡？茶？”

奥德就知道会这样。不管什么情况，夏洛特总忍不住要客气一下。她怕别人有想法。

“这……”年轻人刚开口，夏洛特就说：

“坐一会儿吧。”然后她改变主意，建议去客厅，不然浪费生的火很可惜。

奥德没有生气。他很少对夏洛特生气。“恐怕我们没有啤酒，”当他们穿过门厅时他说，咖啡和茶被小伙子谢绝了，因为弄起来很麻烦，虽然夏洛特说没关系。在客厅里，有瓶雪利酒立在巴格代拉台球桌旁边，两个人从没碰过，另外就是蒂莫西的科克金酒和两瓶汤力水。

“我想来点金酒，”年轻人说，“如果可以的话。”

蒂莫西改天会来吗？夏洛特想知道。他说过什么吗？这是他第一次错过生日。这是他们团聚的日子，她解释道。

“干杯！”年轻人大声说，没有回答这些问题，奥德觉得他在装傻。“真棒。”他呷了一口金酒，赞美道。

“可怜的蒂莫西！”夏洛特在客厅她老坐的那把椅子上歇下，在壁炉的左边。长条窗的光线落到她整齐的灰发和侧面上。他们总有一个会先死，奥德昨晚又在想，现在他经常如此。他希望先走的是她；他希望做那个忍受孤独和悲伤的人。这对他们不管谁都一样，而他希望那个必须承担痛苦的人是他。

※

埃迪身子向前，坐在沙发的边缘，金酒开始上脸的时候他觉得好点了。

“真爽，”他说，“喝点金酒。”

金纳利先生死的那天他们有几个在那套公寓。蒂莫西放出话，他们当晚就去了，金纳利先生还直挺挺地躺在床上。那段时间埃迪常常早晨去给公寓做卫生，就在金纳利先生在奥康奈尔街看上他之后。一个小时左右，主要是前一晚的碗碟，按小时付钱；别无其他，那时他甚至都没听说过那种事。那天蒂莫西亲自给尸体刮了脸，给金纳利先生穿上粗花呢套装。给他喷了点诗雅男士香水，把拖鞋换成系带皮鞋。他把他样子弄得一如往常，当然除了合上的双眼，对此你无能为力。“晚上过来，好吗？”他问埃迪，这种召唤还是头一次。“会来一两个人。”来了不止一两个人，先在卧室瞻仰，之后蒂莫西在起居室放音乐，他们就坐在那儿。从他们交流的对话片段，埃迪得知蒂莫西已经继承了遗产，蒂莫西替代了死者，成了新的金纳利先生。“你没想过要搬进来吗，埃迪？”过了一会儿蒂莫西发出建议。蒂莫西自己大概也是那样受邀住进芒乔伊街的，埃迪后来想，那时蒂莫西还在波士桥的报刊亭工作，用他的话说，一贫如洗。

“说实话，”埃迪在客厅说，“我从来不喝啤酒。”

蒂莫西的父亲——在埃迪看来骨瘦如柴，你会觉得他坐下都会把自己弄痛——根本不像点头地点了下头。蒂莫西的母亲则说什么样的啤酒她都喝不了。此刻他俩谁也没在喝酒。

“只要带气的饮料我都不行。”埃迪表示。知道该说什么并不容易。蒂莫西说了，当他们发觉你是特意跑去的，就会叫你留下吃口东西；你还不知道自己人在哪儿，他们已经把你变成了生日男孩。奥德，他父亲的名字，发音与“古怪”相近，蒂莫西已经评价过，绝对名副其实。

“你们家很漂亮，”埃迪说，“好地方。”

是一种好奇心把他带到这儿的。本来只要蒂莫西把罗孚车的钥匙一交给他，他就可以轻松地把车直接开到戈尔韦，他打算去的城市，听说那儿很有活力。但相反，他却听话地把车开到了贝廷格拉斯，然后又从小路开到库拉廷。之后他会前往戈尔韦：走N80公路到莱伊什港，车上的地图是这么标的，然后再到芒特梅利克和塔拉莫尔，然后阿斯隆。对这些小城埃迪一无所知。他的窝在都柏林。

“不好意思，”他说，对着蒂莫西的父亲，放低了声音，“请问厕所在哪儿?”

※

夏洛特多年前就已经接受了儿子的生活方式。她从未因此而操心，也看不出有什么理由要操心。但她还是很同情奥德，并有点被他的失望情绪所感染。“蒂莫西想要那样生活。”曾经有一次，她温和地劝他，但奥德转过脸去，说他不明白，说——也对蒂莫西说——他不想明白。奥德就是那样的人；没什么能改变他。库拉廷已经打败了他，在蒂莫西的童年时期，他一直希望蒂莫西能以某种方式重振雄风，在这个他自己失败的地方。那个时候他们还接待过夜的客人，但近来房子毛病太多，维修负担又太重，叫他们在收支上难以为继。蒂莫西还是个孩子的时候，就既有想象力又有动手能力：奥德设想将来有一天，库拉廷会再有一个家庭，那时无论房子还是花园，都会得到精心修复。蒂莫西甚至谈论过，描述过，就像他喜欢的那样：一座花园旅馆，厨房里满是现代厨具和电器，卧室被画作点缀得焕然一新，新的墙纸和布艺品。奥德记得在他自己小时候，有一阵子访客来来去去，当然，住宿不用付钱，但那些付钱的访客至少都有些来头。

“你得问他想不想留下来吃午饭。”当蒂莫西的朋友去楼下的洗手间后，夏洛特说。

“好的，我知道。”

※

“我给你们修一下马桶吧。”埃迪提议，并解释说马桶的冲水不太好。没什么复杂的，管子锈了。他解释说他以前本来要当水管工，所以略懂一二。“很简单。”他说。

提到午饭时，他说他不想麻烦他们，但他们说不麻烦。他从茶几上拿起一把刀，带着他的金酒和汤力水出发去楼下的洗手间开始维修。

“你真是太好了，埃迪。”蒂莫西的母亲表示感谢，而他则老实地说，很简单。

他用那把刀在马桶水箱里捣鼓了一番，当他回到客厅的时候，房间已经空了。雨打着窗户。火已经烧小了。他往自己的杯子里又倒了一点金酒，不去管什么汤力水，因为否则就要再开一瓶。然后老家伙拎着一篮木头不知从哪儿冒出来，把埃迪吓了一跳。

“我已经尽力修了，”埃迪说，担心自己刚才拿酒瓶的样子是不是被看到了，大概被看到了，他想，“至少比以前好多了。”

“嗯。”蒂莫西的父亲说，把几块木头放进火里，一块泥炭放到后面，“非常感谢。”

“雨真大。”埃迪说。

是啊，现在大了，这就是回答，他们没再说什么，直到移入餐厅。“你坐那儿，埃迪。”蒂莫西的母亲吩咐，于是他遵命坐下，就在他们俩中间。一只盘子传给他，盘里有片肉，然后是蔬菜碟，里面有土豆和花椰菜。

“蒂莫西出生那天，也是个星期四，”蒂莫西的母亲说，“他们带给我的报纸上有王室会见教皇的消息。”

一九五九年，埃迪算了一下，在他自己出世前十四年。他考虑要提一下这件事，但断定他们不会感兴趣。那点金酒已经满意地进肚了，唯一可惜的就是他们没把酒瓶带到餐桌上。

“肉很不错。”他说，她说那是蒂莫西的最爱，从小到大。老家伙一言不发。当他说蒂莫西不太舒服时老家伙根本就不信。老家伙完全清楚是怎么回事，他一眼就可以看出来。

“不好意思。”埃迪站起来，是一个事实促使他这样做：现在他知道他们俩在哪儿。在客厅里他给自己加了点金酒，一口咽下，做了个鬼脸。第二次他量少加了一点，这次，没有一口吞。在门厅里他拿起一个大概是银的小饰品：两条缠绕在一起的鱼，之前他就注意到了。在洗手间他没关门，希望他们能听见冲水声，并以为他一直在里面。

“好了。”重新在餐厅坐下时他说。

蒂莫西的母亲问起他的家庭。他提到了塔拉特，没理由不提，因为那正是她想听的。他谈起吉卜赛人的营地，说真他妈丢人，允许吉卜赛人那样做。“请原谅我说粗话。”当脏话脱口而出时他道歉说。

“再来点，埃迪？”说着，她瞥了眼老家伙，因为他负责分肉。

“好啊，太好吃了。”他从盘子里拿出刀叉，盘子递回给他后一阵沉默，所以他补充说：

“解决你们马桶问题的唯一办法是换个新水阀。水压没问题。”

“我们一定换。”她说。

就在那时——当又一阵沉默袭来并持续了几分钟——埃迪明白蒂莫西的母亲也猜到了：突然间她脸上的表情说明她知道蒂莫西安然无恙。埃迪看见她朝桌子对面瞄了一眼，但老家伙正在专心吃饭。以往的生日聚餐，蒂莫西也许会谈起金纳利先生，谈起他的“圈子”，他总是这样形容那些来公寓的朋友。醉眼朦胧，透过科克金酒的迷雾，埃迪明白了一切，甚至听到在同一张桌子上蒂莫西那尖嗓子的回音。但谈论金纳利先生总是不合适的。

“那种情况可以一直持续好多年，”埃迪说，沉默现在变得更浓重了，“只要有一点漏水，马桶水箱就跟你没完。”

他继续谈论着有问题的水阀，几个词说得有点结巴，他的话因为金酒变得含糊不清。老头不时地点点头，但那位母亲毫无反应。她神情黯淡，与刚才不停寒暄时判若两人。他们俩遇见那天，她正走在库拉廷的林荫道上，她在给她的汽车找油：这件事蒂莫西也交待了。车在一英里外坏了，而她在附近找到的第一栋房子，恰好就是库拉廷。他们一起走回汽车，他们相爱了。一辆莫里斯8，蒂莫西说；那是一九五〇年。“一生至爱，”那天早晨他说，用一种他偶尔会用的平板声调，“你去了就知道。”

同样，让金纳利先生亲自来这儿也是不合适的。他们或许会接待金纳利；而金纳利会在这地方慢慢巡视，对家具和墙上的油画品头论足。有见地，他喜欢用这个词形容自己。金纳利很有见地。基佬就是不一样。

“有乳脂松糕。”埃迪听见老妇人说，说完她便起身去拿。

※

雨从西边下过来，现在更大了。一块路标指示前方是阿斯隆，埃迪记得在学校学过，这座小城几乎就在爱尔兰的中心。他开得很慢。万一有警车闪灯让他停下，就会发现他血液里酒精含量超标；万一被搜身，就会发现他持有赃物；万一问到他开的汽车，说是别人有事借他的也没人会信。

罗孚车挡风玻璃的雨刷器柔和地摆动，玻璃随之变得无比清晰。一辆卡车开过去，溅起马路表面的积水。收音机里在放克里斯·蒂伯[①]。

那个银玩意儿越快出手越好，也许就在阿斯隆。到了戈尔韦就把车随便扔到哪个停车场。喝了金酒的唯一后遗症是觉得口渴，他的嘴干得像纸。

他关掉克里斯·蒂伯，没换其他电台。逃离故乡是一回事，就像蒂莫西逃离那栋房子，他自己也逃离了塔拉特。伤口上再戳一刀就不一样了。十五年了，跟基佬打交道，公开说谎，恶言相向：他们要怎么折腾他、怎么伤害他，才能弥补这一切？那段沉默的时间里他们一直在吃饭，似乎把食物留在盘子里会太显眼。那个老家伙对水阀的事点了一两次头，但老妇人甚至没有任何举动表示她听见了。埃迪开着车，头开始隐隐作痛。

“一壶茶。”他在阿斯隆点单，并对等着的女人说其他不要了。生日礼物仍然摆在餐柜上，没让他带走，而蒂莫西说他们也许会叫他带的。他快速穿过鹅卵石院子里的积水走向汽车的时候，他们两个立在门口，几乎一动不动。当他回头再看，他们已经不在了。

---

① 克里斯·蒂伯（Chris de Burgh），出生于阿根廷的爱尔兰著名歌手兼创作人。

“好极了。”埃迪说，那个女人端来茶，在一个金属壶里，跟茶杯、杯托和茶匙一起。牛奶和糖已经放在桌上，桌面铺着粉红格子的油布。“谢谢。”埃迪说，他喝完茶付了钱，然后穿行在雨中，清冽的空气消除了他的头痛。第一家珠宝店的男人说他不买东西。第二家埃迪被问到，于是他说他来自法庄，一个他开车经过的村子。这东西是他母亲让他来卖的，他解释说，原因是她卧病在床，需要吃药。但珠宝商皱皱眉头，把那个小饰品递回给他，一句话也没多说。在一家橱窗有饰品和旧书的小店里，对方向埃迪出价一英镑，埃迪说他觉得这个双鱼应该值更多钱。“一英镑五十便士。”对方又报了个价，他同意了。

雨还在下。在雨中开车时，埃迪感觉好多了，因为他已经卖掉了那个鱼。他有点想在巴利纳斯洛停下再来壶茶，但想想还是算了。在戈尔韦他把车扔在他看见的第一个停车场。

※

他们一起收拾碗碟。奥德发现客厅里的金酒几乎都被喝光了。夏洛特在水槽洗碗。然后奥德发觉门厅里的小饰品不见了，他慢慢走回去宣布这个消息，访客走后他们之间第一次交流。

“是有这种事的。”又一阵沉默后，夏洛特说。

※

雨小了，埃迪出现在戈尔韦的一家酒馆门口，他已经用七喜解了渴，还看了会儿电视剧《格兰洛》。当他走进这座城市的时候，它便渐渐遁入虚无。水汽蒙蒙的阳光挣脱流云，照亮了艾尔广场上的房屋。他坐在广场的一张湿椅子上，考虑要不要搭个女孩，但没女孩经过，所以他就走了。他不想思考。他也不打算去理解，他只想做他自己。能像读书一样读懂蒂莫西，这只是一种说法，一种不让别人听见的大话。

但白天的事依然在纠缠不休，那些场景徘徊不去，印在埃迪混乱的脑海里。蒂莫西微笑着说他唯一的要求就是传个信。埃迪自己的手握着小银鱼。在餐厅里，活力从夏洛特的眼里渐渐褪去。雨点打在鹅卵石院子的积水上，而他们站在门口，一动不动。

码头上，大西洋吹来的微风吹干了房屋灰白的石头，也吹凉了埃迪脸上的皮肤，让他神清气爽。人们开始出来散步，一个老人带着一条皮毛光滑的猎狗，一对讲外语的男女。海鸥尖叫着，在空中俯冲下来，吵个不停。在门厅拿起那个饰品是很自然的事，因为它就在那儿，而且旁边没人：出于公平，你可以说它是给马桶浮球水阀除锈的费用，那轻易就能花上他们十英镑。“一生至爱。”蒂莫西再次说道。

※

“天晴了。”奥德在窗边说，夏洛特从壁炉边的扶手椅上起身和他站到一起，看着外面湿漉漉的花园。当最后的雨滴落完，他们一起走进花园。

“翠雀花打蔫了。”奥德说。

“还好。”

她微微笑了。你必须接受这个世界，忧伤无济于事。如其所愿，他们受到了伤害，受到了惩罚，因为他们中有一个总是感到失望和厌恶。复仇被唤起时永远没有公正可言，夏洛特在洗刷碗碟时这样想到，奥德在收拾餐厅时也这样想到。“都怪我。”他说，把没用过的叉子和汤匙拿回厨房。夏洛特摇摇头，没有转身。

他们并不感到迷惑，像他们的生日客人那样。他们觉得很容易理解。他们自己的人生已经散落成一地残骸，但由于他们不再年轻，所以也就无所谓。现在奥德回想起来，一切都是注定的；而夏洛特多年前就已经知道了。他们彼此的爱历经了这么多年来的变迁和磨难；今天这一天的灰暗对它毫无影响。

他们在花园里走来走去，没有再提起他们的儿子，现在花园对他们来说已经太大了，而且很多处已经荒废。他们没有提到他们彼此的爱使他产生的嫉妒，那又演变成了虚伪和残酷。这一天带来的痛苦不会那么轻易就过去，这他们俩都清楚。然而事情又不得不如此，因为它是这个世界的一部分。

丹尼尔·莱昂斯[①]

（一九六〇年生于美国马萨诸塞州）

丹尼尔·莱昂斯住在马萨诸塞州的查尔斯顿，作为自由记者活跃在若干新闻杂志上，同时从事小说创作，出版了短篇集《最后的好人》(*The Last Good Man*，1993，《生日蛋糕》这个短篇即收于其中）和长篇小说《狗日子》(*Dog Days*，1988)。短篇小说《灰狗巴士》还获得《花花公子》杂志主办的“学院小说奖”。一家报纸这样评价《最后的好人》：“尽管莱昂斯笔下的出场人物无不阴影沉沉，他写的小说却在读者胸间留下了一种持久的救赎感，以及对于人之求生和向善的信念。”(《波士顿书评周刊》)

同这本书收录的伊森·坎宁《天使仁慈，天使愤怒》一样，《生日蛋糕》这个故事也是以固执、孤僻的都市老妪为主人公，但味道截然不同。读时两相比较即可了然。

① 丹尼尔·莱昂斯于二〇一七年因肝癌去世。——编者注

生日蛋糕

丹尼尔·莱昂斯

空气清冽，光线正从天空中消逝。街道上散发着摊贩手推车里剩下的烂水果的气味，虽然闻起来有点酸臭，却并非一无是处。露西亚很熟悉这种气味，这让她想起自己还是个女孩时那些欢乐的时光，所以她喜欢这气味，正如她想象农场的人会喜欢闻肥料的气味一样。

已经过了六点，纽伯利街上的店铺大都打烊了，但她知道洛伦佐的店还为她开着。她不慌不忙：她是个老妇人，岁月已经侵蚀了她的双腿。如今它们又粗又重，像灌满了水，走路的时候臀部由于费力拖动它们而变得很痛。

她在一条长椅旁停住，她想坐下，但又知道弯下腰然后再站起来还不如只靠一靠椅背轻松。她等自己的呼吸平缓下来，然后再去走通往面包房的最后一条街。洛伦佐会在的。他会等的。从打仗起她不是每个礼拜六都去面包房的吗？她不是每次都买同样的有巧克力糖衣的白蛋糕吗？那是尼克的最爱。

“晚上好，隆萨维利夫人，”他用意大利语说，音乐钟叮当一声，厚重的玻璃门在她身后合上，“我正念叨您呢。”

洛伦佐·奈波里还太年轻，不至于成天这么操心。她有点怀疑。她不像信任他父亲那样信任他。

站在糕点柜台前面的是玛丽亚·门德斯，在洗衣店工作的小个子波多黎各女孩。“这就是夫人。”洛伦佐用西班牙语对她说。现在到处都是这些波多黎各人，整个街区到处都是他们轰隆隆的汽车和吵吵嚷嚷的孩子，男人们则在人行道上喝啤酒。现在这里的租金涨了，地产商希望意大利人都搬到养老院去。就连阿戈斯蒂诺神父也帮他们说话。“露西亚，”神父曾经对她说，“在那儿你会有伴的。”

这个洗衣店的玛丽亚有个孩子但没丈夫。她对露西亚笑笑，然后又低头去看玻璃柜台。

“门德斯小姐想请您帮个忙。”面包师说。

露西亚脱下皮手套放进小提包。“帮个忙？”

“我的小女儿，”玛丽亚说，“今天是她生日。她今天七周岁。”

“您一定认识小特瑞莎。”洛伦佐说。

“嗯。”露西亚说。她的确见过那个孩子，在和她的小伙伴破坏她后院的菜园子时。

“今天我在洗衣店好忙，好忙好忙，一整天都有人排队，我没法出来给她买生日蛋糕。”

“嗯。”露西亚还记得她花了两天时间才修好园子里的西红柿桩。

“是这样的，”洛伦佐说，“门德斯小姐想要个蛋糕，可我都卖完了，除了您的。我跟她说您是我最忠实的顾客，所以当然我们得等您来了再问问。”

“其他面包店都关门了，”玛丽亚说，“今天是我小女儿生日。”

露西亚的手颤抖起来。她想起医生说过不能发火，但这也太过分了。“每个礼拜我都来买蛋糕。多少年了？现在这个黑女人来了你就不管我了？”

“露西，”洛伦佐像个小男孩那样张开双手，“别生气。求你了，露西。”

“不。别叫我露西，”她用手指头点点自己的胸口，“露西亚。”

“露西，求你了。”他说。

“别‘求你了，露西’。三脚猫的英语。意大利佬。”

“我可以送你一些小甜饼，”他说，“或者奶油煎饼卷。我刚做的。很好吃。”

“我一周来一次，只买尼克的蛋糕。”

洛伦佐把头歪到一边。他似乎还想说点什么，但止住没说。他又等了一会儿。

“露西亚，想想那个可怜的小女孩，”他说，“今天是她生日。”

“那就给她做个蛋糕。你来帮她，如果你那么喜欢她。”

“露西亚，来不及了。”生日派对马上就要开始了，他说。再说，他已经清洗了设备，收好了面粉、鸡蛋和糖。

“露西亚，”他说，“这样做是对的。问问您自己，尼克会怎么做？或者我父亲？”

“我知道他们不会怎么做。他们不会忘记自己是什么人。他们不会因为那些黑女人就开始讲西班牙语。”

她盯着他，直到他移开视线。外面，风从人行道上卷起一张报纸，吹得落叶贴在面包房的前窗玻璃上。从主街上什么地方传来一辆汽车发动机的轰鸣声。她想起尼克，想起在最后的日子他病恹恹地躺在床上，她是怎样跑出去叫那些孩子不要吵闹，而他们笑着对她说滚回去，疯老太婆。

他头也不抬，用一种几乎是耳语的声音说话。“露西亚，”他说，“就这一次。”

“不，”她说，“不。我要我的蛋糕。”

玛丽亚开始哭起来。“上帝啊，”她说，“我的小女儿。”

洛伦佐用手撑住身体。“对不起，门德斯小姐。”

玛丽亚转向她。她在啜泣。“今天是我女儿生日，”她说，“她怎么能原谅我？您没有孩子吗？”

“我有三个孩子，”露西亚说，“我从没忘记过他们的生日。我从不用在最后一刻才冲出去买蛋糕。”

“我在上班，”玛丽亚说，“全靠我一个人带特瑞莎。我得一个人养活她。”

“那怪谁？”露西亚对洛伦佐挥挥手。“快点，”她说，“把我的蛋糕包起来。”

洛伦佐小心地慢慢把蛋糕从展示柜里拿出来，放进一只白色硬纸板做的糕点盒里。他的双手白皙柔软。他从抽绳机里拉出一段绸绳，捆好盒子，手腕一抖，把绳子从头上扯断。

露西亚戴上手套。她转向门口时玛丽亚拉住她的胳膊。“求求你，”她说，“求你了，我从你这儿买。我出十美元。”

露西亚挣脱出胳膊。“我不要你的钱。”

“二十美元，那就。”她从衣服口袋里掏出一张折好的钞票放进露西亚的手里。“求你了，隆萨维利夫人，收下吧。”

露西亚想把钞票塞回对方手里，但玛丽亚双手手指都蜷成了拳头，又开始哭了起来。“你不能这样做。”她说。

露西亚把皱成一团的钞票扔到地上，然后打开门。玛丽亚跪到地上捡起那张钞票。“你个老巫婆！”她尖叫道，“臭婊子！”

露西亚没有回头。她慢慢地沿着纽伯利街往下走，小心避让着结冰的地面。那个洗衣店女孩，甚至还有洛伦佐，他们对她了解多少？他们知道什么叫挚爱？

从她住的那栋房子后面的巷子里，她听到有尖叫声，一声可怕的窒息般的哀号，从街上响到巷子里，回荡在墙壁和垃圾桶之间。她想象着那个洗衣工玛丽亚回到家结结巴巴地对着自己的女儿，她想象着那个小女孩通红扭曲的面孔，当她的小伙伴都到了却没有蛋糕的时刻。

然而，即便如此，他们知道什么叫折磨？他们什么都不知道。楼梯上的光线很暗，她用空着的那只手扶住栏杆。每走一步就停一下；她要等那摇曳的疼痛从臀部散去，然后再抬脚。

走进厨房，她掀开玻璃罩，把上礼拜的蛋糕拿出来。玻璃罩里闻起来有一股甜熟的气息。蛋糕碰都没碰过，简直就是那个新蛋糕的黏土模型。当她把它当垃圾扔掉时，面上的巧克力糖衣裂开了，撒落在地板上，就像陶器的碎片。

她清理了那些残渣，用一块海绵擦掉蛋糕底座上的糖衣污渍，然后打开糕点盒，把新蛋糕拿出来放进玻璃罩。外面天已经黑了，围绕着城市的山丘上，几百座房屋窗口的灯火亮着，就像圣诞树树枝上白色的小灯泡。她想到她的孩子们，他们就住在那些山上，正在和他们自己的孩子吃晚饭——那些细皮嫩肉的小男孩小女孩，从他们奶奶的拥抱里缩走，外套也不脱，互相窃窃私语着直到离开。窗边有点凉，她打了个哆嗦，往后退了一步。

她在餐桌边坐下，就在尼克和孩子们的照片下面。她望着门，一如既往地期盼着会响起一声敲门声，或者门直接被旋开，然后他们中的一个，只要一个就好，会站在那儿。

琳达·塞克森

（一九五二年生于美国华盛顿州）

在网上查了好久，仍未彻底查明此人的经历。看著作目录，其名下有两本短篇小说集：《不完美的玛格丽特》（*Margaret of the Imperfections*，1988）、《哈姆雷特的行星：寓言故事集》（*Hamlet's Planets*：*Parables*，1997）。根据年代，我猜想《变》这个短篇小说是收在前一本短篇集里的。不过，这位作者主要写的是新世纪宗教方面的著作，较之文艺创作，那方面似乎更为人知。

一九九四翻译《突然小说——超短篇小说七十篇》（*Sudden Fiction*）那本书的时候，我发现其中就有这篇《变》，一篇非常诡异的作品。如果可能，我当然也希望有条尾巴。

变

琳达·塞克森

三个老妇人，伸长的脖子上挂满了珠宝，优雅地转过身，互相搀扶着，步履蹒跚地从出租车走向人行道。她们朝房子走去，白发卷曲的头一点一点的。从窗帘后窥看的小男孩正盼着她们到来。她们看上去就像一幅电影画面：三只天鹅在灰色的湖水里上下摇晃、慢慢滑行，只不过放电影的是一台磕磕拉拉、有毛病的放映机，破坏了最后一幕的画面。这些美妙的生灵似乎不可能跛着个脚，那只是播放问题造成的错觉。

在屋子里，她们坐进安妮女王式的扶手椅，姿态端庄，但她们那已经无法再并拢的膝盖，使她们看上去就像几只巨大的水鸟，不仅被迫来到陆地上，而且还被迫变成不适合它们的人形。小男孩在旁边的地毯上推玩具卡车给她们看，嘴里发出模仿高速公路的声音。他瞥了一眼她们裙子下面黑乎乎的地方，那就像不插卡片地看他那台三维魔镜[①]。老妇人们头转来转去地注视着小男孩，就像脑袋两侧各有一只眼睛的鸟。

男孩的妈妈端出一只插着四支蜡烛的花式蛋糕，几只喝茶的骨瓷杯和一杯里面有颗草莓的牛奶。

“为什么这个蛋糕叫‘罗伯特’？这个蛋糕的名字和你一样。”第一个老妇人对男孩说。

他咯咯笑着躺倒在地毯上。“不是的，”他尖叫说，“今天是我生日，路易丝宝贝。”他认真地一个接一个报出她们的昵称，发音一本正经，毕恭毕敬。她们是路易丝宝贝、奥莉薇蜜糖和露丝甜心。他每次叫这些名字都会在她们的老脸上引起非常微弱的愉悦反应，就像水面上泛起一圈圈涟漪。

“所以嘛，”露丝说，“这个漂亮的盒子肯定是给你的。上面写着，‘生日快乐’。”罗伯特撕开包装纸，发现一件衬衫，衬衫前面有一块带纱线鬃毛的狮子脸的贴片，后面接着一条棉布尾巴。罗伯特把它套在自己衬衫外面。他把扣子扣错了；他看着露丝的手指为了纠正他的粗心在动。她瘦骨嶙峋的手指看上去就像易断的、

---

① 三维魔镜（View Master），一种利用 3D 成像原理制作的视觉玩具，只要在魔镜中插入特别的魔镜卡片，对着光线，就能看见栩栩如生的三维图片。

漂白过的细树枝。罗伯特还担心它们能不能系好扣子，根本没意识到那头狮子也是同样的手指缝上去的。

男孩妈妈点亮了蜡烛，老妇人们唱起来：“祝你生日快乐，亲爱的罗伯特。”声音就像空气挤出漏气的手风琴。奥莉薇送给他一盒用时会变颜色的蜡笔。罗伯特在随笔附送的大张画纸上给她们画了一张像。几个老妇人微笑着看见自己出现在纸上：没有胳膊，东倒西歪的身体，细枝条的手指在打卷的头两边，最后再每个都画上一个清楚仔细的肚脐眼。他把画递给奥莉薇。

“没想到我们会在你的生日收到一份这么美的礼物。”她谢谢他。她们把画传了一圈，发出咕噜的赞叹声。

路易丝送给他的盒子有很多地方拱起来，看上去就像一只小动物。罗伯特决定把它就那样放着，先不看里面有什么。老妇人们笑着互相使使眼色。

他把切好的蛋糕端给她们，她们对着蛋糕的样子就像鸟对着种子和涂着黏稠糖霜的面包屑。罗伯特一直等到她们礼貌地放下手里的蛋糕；他靠近奥莉薇蜜糖的裙兜，把她柔滑的衣料塞进自己湿乎乎的拳头：“现在讲个故事。”他妈妈收走盘子，让他们自己安排节目。

“这个故事，”她口齿不清地说，“叫《没有皮肤的国王》。”

“没有衣服。”路易丝纠正道。

“没有肌肤。”露丝表示同意。

奥莉薇讲故事的方式是找一堵非常坚实的故事之墙，然后用一个词在墙上敲出一道裂缝，以便可能也可以透过那道裂缝偷偷看看墙的另一边。她的故事，所以已经讲了；那个老故事上的裂缝本身就是个新故事。她们现在只要继续讲下去就行了。

“从前，”她说，“有个国王没有皮肤。他看起来就像是把象牙雕刻和奶油色的丝绸垫子用上好的红色和蓝色细线整个绑在一起。国王本来会很幸福，如果不是因为两件事：他不知道为什么他、只有他，没有皮肤，另外，他想要一个妻子。因为他很有钱，很聪明，而且极为英俊（其他老妇人扬扬眉毛），他很快就意识到自己是一个谜。于是他说，不管什么公主，只要解开他这个谜，就能成为他的妻子。最后，一个穿着蓝色锦袍的金发美女来到他的宫殿……”

“然后，”路易丝抢过话头，“她对国王说：‘我用自己的金发为您织了一件皮肤，您只要套进去，拿我用缠在教堂外墙上的藤条编成的这根绿绳，把它从上面拉紧。因为您的皮肤之谜就是它要像个可爱的妻子那样环抱着你，要像藤蔓找到高塔那样找到你。’……”

奥莉薇知道故事如果不加控制就会慢慢走味，严厉地打断道：“国王试着穿上那件皮肤，把绳子打了个结，然后照照镜子。他说，‘我看上去就像个用鞋带系着的装干果和橘子的网兜。’他把它从身上扯下来，公主哭哭啼啼地走了。”

路易丝在沉默中眨巴了几下眼睛，直到露丝兴奋地说了起来——她小心而快速地擦掉从涂过口红的嘴唇唇角流出的一点口水。“但又有一个美丽的公主来找国王，说她能解开他的谜。没有皮肤，她解释说，他就能与世界更加亲密无间，而且，他也永远不会感觉到皮肤被戳到的尖锐刺痛和皮肤病。然后这位公主，”露丝得意洋洋地说，“像脱丝袜一样脱下了她的皮肤，这样她就能和国王一样，并成为他的新娘……”

“是啊，”奥莉薇打断道，“然后她七零八碎地散落到国王的皇家地毯上。二十个皇家侍女花了二十天时间，才把她一点一滴地捡起来弄走。”

路易丝和露丝看着奥莉薇。罗伯特只专心听故事而没有留意谁在讲，开口说：“又来了一个公主。”

“对，”奥莉薇说，“告诉我们，罗伯特，这个公主怎么样。”

“这个公主，”罗伯特说，“又红又蓝又绿又美，她对国王说，‘我要送一件很好的皮肤给你穿。’然后她就把她最好最喜欢的大狗的皮肤脱下来送给了国王。大狗死了，但国王说：‘我很喜欢这件皮肤，因为它毛茸茸的，因为它有条尾巴可以让我摇。’然后他真的摇了。”

“但是罗伯特，”路易丝说，“那并没有解开他的谜。”

“啊，它解开了。”奥莉薇说——为了安慰罗伯特。他们都等着她继续。最后她说：“你来告诉我们，罗伯特。”于是另外的老妇人知道，这已经变成了一个奥莉薇无法掌控的故事。

“嗯，”罗伯特说，“你知道，奥莉薇蜜糖，那个谜就是动物有身好皮肤，人都喜欢有尾巴。”

“这就对了。”奥莉薇说。

“但是，”露丝抱怨道，“为什么国王一开始就没有皮肤呢？那也是谜的一部分。”

“那样我们就可以给他找件皮肤。”罗伯特满怀信心地说。

“理由不够充分，罗伯特。”奥莉薇说，他感觉她想让他再多说一点。

“那样他就可以在他和公主结婚之前先看看自己的里面？”他问。

“太妙了！”奥莉薇大叫起来，她看上去似乎要飞到空中。“我自己都不知道怎么解开那个谜，”她坦白道，另外两个为男孩鼓掌喝彩。

“可别忘了，”路易丝说，“在你和公主结婚之前先看看自己的里面。”

“还有，”罗伯特说，他收不住胜利的脚步，“如果你等一件皮肤等了很长时间，你就会得到一件带尾巴的。”她们笑起来，她们摸摸他，但他觉得最后这个解答没有前面一个好。这是为什么呢，他很迷惑，因为他自己宁愿拿一堆公主换一条尾巴。

老妇人们起身离开。他亲亲她们干瘪的、涂了脂粉的脸颊，他很奇怪为什么她们的皮肤感觉那么不合身。当奥莉薇亲他的时候，她说：“永远不要，罗伯特，不要在猜出谜底之后去找什么道德寓意。”

挤进出租车，她们看上去就像被塞进板条箱运往市场的巨大家禽一样。她们对房子挥舞着白手套，朝着被窗帘淹没的那块地方。

大卫·福斯特·华莱士[①]

（一九六二年生于美国纽约州）

这一代的美国作家当中，华莱士是被坊间议论最多的人。他属于后现代新生代。他在托马斯·品钦和唐·德里罗的影响下开始写小说，以其不无挑战意味的文体和内容持续搅动文学界。老实说，他的作品并非美文，有时甚至让人觉得“难以卒读”，却又不是故作晦涩。文体本身严谨工致得令人吃惊，语词同语词有机地融为一体——到底原来专门学过数学——因此，你一旦摸到门路（如果你想的话），最初的违和感很快就会消失。

尤其这篇《永远在上》，将一个少年从登上高台到跳入水中的过程及其心境变化写得丝丝入扣。华莱士将那种数列解析式的感性文体运行得卓有成效。这是一篇将冷酷与温情熔于一炉的神奇佳作。

① 二〇〇八年，华莱士在美国加州的家中自杀。——编者注

永远在上

大卫·福斯特·华莱士

生日快乐。你的十三岁很重要。也许是你第一个真正的公众日。你的十三岁是个机会，让人们认识到你身上正在发生重要的事。

过去半年来你身上一直有事发生。现在你的左边腋窝有七根毛。右边十二根。硬而危险的螺旋形黑色脆毛。易断的、动物性的毛。现在你私处周围的硬卷毛已经多得数不清。还有别的。你的声音厚了，刺耳了，毫无征兆地在低八度间移动。你的脸一旦不洗就开始变得油亮。过去这个春天为期两周深入可怕的疼痛让某种东西从你体内落下：你的囊部现在充实而敏感，一件要保护的商品。沉甸甸地绑在紧身护裆里，你的臀部印红了。你已经成为一种新的脆弱。

还有梦。几个月来你一直在做跟以前完全不同的梦：潮湿忙乱遥远，充满柔软的曲线，疯狂的活塞，温暖和一次次巨大的坠落。你醒过来，从跳动的眼皮到一种喷涌而出、让头皮发麻的不安的感觉来自比你以为的更深的体内，一阵极其甜蜜的伤害产生的痉挛，路灯透过你的百叶窗在卧室黑色天花板上裂成锐利的星星，而你身上一种浓稠的白色果酱在腿间吞吞吐吐，流淌，黏滞，凉丝丝的，凝固变干，到早上淋浴只留下灰白动物硬毛的粗糙干结，湿湿的毛团里一股清新的甜味，你简直无法相信那是来自你体内制造的什么东西。

那股气味，比任何气味，都更像这座游泳池：一种漂白粉的咸甜，一种长化学花瓣的花。泳池有一股强烈清新的蓝色气味，虽然你知道当你实际在那蓝色水中气味根本不会那么强烈，就像现在，人都游走了，你背靠浅水区休息，齐臀高的水拍打过来撞得面目全非。

图森西郊这座旧公共泳池的平台周围是一圈青灰色的铁丝网围栏，乱七八糟地点缀着一堆闪亮的上锁自行车。再远处又热又黑的停车场上布满了白线和闪闪发光的汽车。一块灰扑扑的干枯发硬的草地，老蒲公英毛茸茸的头部在一阵上升的风中爆裂开来，雪花般扬起。所有这些再过去，被一轮缓慢的九月红日所染红的，是群山，呈锯齿状，它们顶端的尖角在疲惫的深红色光线下勾出清晰的黑色。在那片红色里，它们相连的尖顶形成了一条箭头线，这垂死白昼的心电图。

天边的云有了颜色。水闪烁着柔软的蓝光，五点钟的温暖，而泳池的那股气味，像其他气味一样，连接着你体内一种化学性的迷茫，一种内在的幽暗，把光折向它自身的尽头，模糊了什么是停止，什么是开始。

你的派对在今晚。今天下午，在你的生日，你要求去游泳。你想一个人去，但生日是家庭日，你的家人想陪你。这挺好，你说不出为什么想一个人去，而且也许你并不是真正想一个人去，于是他们就来了。晒。你的父母都在晒。他们的折叠椅整个下午都在标刻时间，在转动，在跟踪穿越荒漠天空——天空热成了一张鸡蛋膜——的太阳弧线。旁边的阴影里，你妹妹和一群她们学校的瘦女孩在玩“马可·波罗”[①]。现在她被黑了，她叫的波罗被马可了。她闭着眼睛，正在朝不同方向的叫喊声旋转，绕着一圈戴泳帽的尖叫女孩的圆心转动。她的浴帽上种起了橡胶花。当她冲向看不见的声音，有耷拉老去的粉红色花瓣在摇晃。

---

① 一种在游泳池里玩的儿童捉人游戏，被选中的人必须蒙上眼睛，当他或她喊“马可”时其他游戏者必须回喊“波罗”，以便让捉人者确定方位，被捉住的人成为新的捉人者。

在泳池的另一头是跳水池和高台跳板的塔台。背面的平台后部是“快餐厅”，在两边，通向阴暗潮湿的淋浴间和更衣柜的水泥入口上方，螺栓固定的灰色金属喇叭在播放泳池的广播音乐，丁零当啷，单调尖细。

你的家人喜欢你。你聪明文静，尊敬长辈——虽然你也不是没有刺。你基本上是好的。你照看你的小妹妹。你是她的同盟。她零岁的时候你六岁，他们把她包在一块柔软的黄毯子里带回家的时候你在闹别扭；考虑到她无法理解你的别扭，你亲亲她的脚以示问候。你父母说这是个好兆头。说这开了个好头。现在他们觉得他们想对了。他们处处都为你感到骄傲，满意，然后他们撤到离骄傲和满意不远的友好距离之内。你们处得很好。

生日快乐。这是个大日子，大得就像整个西南部的天顶。你已经仔细想过。那儿是高台跳板。他们快要想走了。爬上去，做那件事。

抖掉蓝色的清洁。你已经被半漂白，松弛而柔软，发脆，手指肚起皱。泳池里太过清洁的气味雾进你的眼里；它把光变成柔和的颜色。用你的手掌跟拍打头部。一侧有松软的回音。把头歪向那侧然后单脚跳——耳里突然一热，怡人的被脑捂暖的水在你耳外的鹦鹉螺上变冷。你听见更响更尖的音乐，更近的叫喊，更多水里的更多活动。

就这么晚来说池里很挤。这边是瘦瘦的儿童，毛茸茸的动物男人。比例失调的男孩们，只有脖子、腿和隆起的关节，单薄的胸口，有点儿像鸟。像你。那边是老人的柴棍腿试探着移过浅水区，双手摸着水，突然就失去了平衡。

还有那些姑娘、女人，弯曲得像乐器或水果，经过抛光的亮褐色肌肤，泳衣上部系着纤细彩条打成的精巧绳结托住神秘重量的拉扯，泳衣下端低低地骑在臀部柔和的凸起上——完全不像你的臀部，无节制的膨胀和旋转融入光线变成一片环绕的空间，珍惜地罩住容纳住那些柔软的曲线。你几乎懂了。

游泳池是一种运动系统。瞧这儿有什么：大腿，水战，跳水，捉人游戏，水炮弹，大鱼吃小鱼，高空降落，马可·波罗（你妹妹还黑着，快要哭了，黑得太久，游戏在残酷的边缘摇摆，不关你的事，不用去解救或心烦）。两个干净白亮的小男孩头顶棉毛巾在沿着池边跑，直到救生员用手提扩音器里的一声大吼才让他们停下。救生员黑得像棵树，他腹部的金毛排成一条垂直线，头上一顶丛林探险帽，鼻子像一块白色的三角奶油。一个女孩一条胳膊抱着他小小塔台的一只脚。他很无聊。

现在就去，经过你的父母，他们在晒太阳，读书，头也不抬。忘掉你的毛巾。停下拿毛巾意味着说话，说话意味着思考。你已经断定害怕主要来自思考。马上过去，走向尽头的跳水池。池上是一座高大的、白得脏兮兮的铁塔。一块薄板像根舌头一样从塔顶伸出来。你发白的双脚踩着的水泥平台又糙又热。你的每个脚印都越来越瘦，越来越淡。每个都在你身后热烫的石头上缩小，然后消失。

塑料香肠般的分界线在跳水池周围晃荡，那里完全自成一体，没有别处那些头和手臂的抽筋芭蕾。池水蓝得就像能量块，小而深的完美正方体，两侧是习泳区、“快餐厅”、糙热的平台、高塔及跳板弯曲的近影。池水静止无声，在两次跳水间悄然愈合。

这其中有一种节奏。像呼吸。像台机器。排队跳水的人在塔台梯子后面蜿蜒成一条曲线。一个接一个，人们抓住梯子往上爬。一个接一个，被心跳间隔着，他们来到顶端的跳板舌头。而一旦站上跳板，他们就会停顿一下，几乎每个人都一样，一个小小心跳的停顿。然后他们的腿把他们带到末端，他们全都做出同样的踏脚跳，手臂向外画个弧线，像要形容什么环形的东西，完全的环形；他们重重地落在跳板边缘，让它把自己弹出去。

它是一架俯冲机器，一连串的断续运动，在一片香甜崭新的漂白雾气中。你从平台上可以看见他们撞在池水冰蓝的床单上。每次跳落都有一块白色腾起又自己落下，然后展开，然后发出嘶嘶声。接着蓝色的洁净出现在白色中间，像布丁一样展开，让它焕然一新。池水自动愈合。你看到三次。

你在排队。张望。无聊。几乎没人说话。每个人似乎都独自一人。大部分都在看梯子，在无聊。你们差不多全都抱着胳膊，背上和肩膀上一串串清蓝的氯气小水珠被一阵刚升起的干风吹得直打寒颤。似乎不可能每个人都会真的这么无聊。你旁边是塔影的边缘，跳板图像翘起的黑舌头。影子的身体巨大，很长，倒向一边，以一个尖锐的新角度跟塔基连在一起。

几乎每个排队上跳板的人都盯着梯子。大点的男孩向上动时盯着大点女孩的臀部。臀部在柔软的薄布里，贴身的尼龙撑得很紧。那些漂亮的臀部在梯子上移动起来就像液态的钟摆，一种高雅的无法解开的密码。女孩们的腿让你想起鹿。无聊。

从那看出去。看过去。你可以看得很清楚。你母亲在她的折叠椅里，读书，眯着眼睛，脸向上翘以便获得脸颊上的光线。她看上去没在瞧你在哪儿。她从一只明亮的易拉罐里喝了口什么甜东西。你父亲挺着大肚子，背有那么一点儿像鲸鱼隆起的后背，肩上盘绕着动物般的螺旋形卷毛，皮肤涂了油，太阳晒多了成了红棕色。你的毛巾搭在你的椅子上，现在毛巾的一角动了——你母亲在挥赶一只勤劳的蜜蜂时碰到了它，那只蜜蜂喜欢她易拉罐里的东西。它马上又回来了，在甜蜜的朦胧中似乎一动不动地悬浮在易拉罐上方。你的毛巾是一张瑜伽熊[①]的大脸。

不知什么时候你后面的队伍变得比前面长。现在除了细长梯上的三个，前面已经没人了。你正前方的女人在靠近地面的梯子横档上往上看，穿一件黑色的紧身尼龙泳衣，一整片那种。她向上爬。从上方传来轰的一声，然后一次很高的跳水，然后水花腾起，池水再次愈合。现在梯子上还有两个。游泳池规则说梯子上一次一人，但救生员对此从来不吼。救生员通过吼或不吼来制定真正的规则。

你上面这个女人不该穿这么紧的泳衣。她和你母亲一样老，也一样胖。她太胖，太白。她的泳衣被她塞满了。她大腿后面被泳衣挤得看上去就像奶酪。在她腿上的白皮肤下有破损的冰蓝色血管组成不连贯的细小曲线，似乎她腿里有什么东西破了，受伤了。她的腿看上去就像它们被挤得很痛，布满了弯弯曲曲，一行行阿拉伯文字般的冰裂蓝。她的腿让你感觉好像你自己的腿在痛。

梯子的横档很细。出乎意料。细细圆圆的铁横档裹在潮湿滑溜的安踏毡里。你从阴影下湿铁的气味中品尝到金属的味道。每格横档都压进你的脚底板并留下凹痕。凹痕感觉很深，而且很痛。

① 瑜伽熊（Yogi Bear），美国著名的卡通形象，曾多次出现在卡通书籍、电视和电影中。

你感到很重。你上面的胖女人会有怎样的感觉。沿梯子两侧的扶手也很细。你好像有点撑不住了。你开始希望上面那个女人能撑住。当然，从远处看横档显得比较少。你不蠢。

上到一半，上到空中，胖女人在你上方，一个结实的秃头肌肉男在你脚下。跳板还在高高的头上，从这里看不见。但它轰隆着，发出一声沉重的拍打声，透过细横档间包含的几英尺，你能看见一个男孩闪现着直线落下，膝盖抵着胸口，水花四溅。一个巨大的泡沫惊叹号涌进你的视野。然后池水沉默，再次合成新蓝。

更多细横档。抓紧。这里的广播最响，一个和你耳朵齐高的喇叭在一间更衣室水泥入口上方。更衣室里一股湿冷的怪味。抓紧铁梯扭身向下看，你能看见人们在底下买小吃和点心。你可以向下看进去：小贩帽子干净的白顶，冰淇淋纸杯，冒冷气的黄铜色冷柜，软饮料糖浆的水下呼吸筒，蛇一般的苏打水软管，鼓起来的一盒盒咸爆米花放在太阳下保温。因为你在上面，你能看到一切。

有风。你上得越高就越有风。微风，在阴处让你的湿皮肤很冷。阴影里梯子上你的皮肤看起来很白。风在你耳里发出一阵细微的嗖嗖声。还有四档到塔顶。横档让你脚痛。它们很细，让你知道你到底有多重。在梯子上你有真正的重量。地面想你回去。

现在你可以在梯子顶上看。你可以看见跳板。女人在那儿。

她的脚踝后面有两道突起的、红色的、看上去像是受伤的老茧。她站在跳板的前端，你盯着她的脚踝。现在你在塔影上方。你下面的结实男人目光穿过梯子，看着横档间女人落下将会经过的空白。

她只停了一拍。动作没有丝毫迟钝。这让你发冷。她一下就来到跳板的末端，跃起，又掉下，跳板弯得很低，就像它不想要她。接着它点头，拍打着，狂暴地把她向上扔去，她的手臂打开，画出一个圆圈，然后不见了。一眨眼的黑暗她就消失了。过了点时间你才听到下面的落水声。

听。那似乎不妙，她消失的方式，消失在她发出声音之前的那段间隙。像块石头掉到井里。但你想她没有那样想。她是节奏的一部分，排除想法的节奏。现在你也让自己成为它的一部分。那节奏似乎是盲目的。像蚂蚁。像台机器。

你认定这需要想想。也许，不错，头脑不想地去做一些恐惧的事情是对的，但不是在恐惧感就是头脑不想这件事本身的时候。不是在头脑不想被证明是错误的时候。在某个点上谬误已经不知不觉地累积：假装无聊，重量，细横档，脚痛，有规则切入梯子的空间仅仅在需要时间的消失中才融为一体。没人会料到梯子上的风。跳板从阴影伸进光线，你看不到末端之后。当一切都不一样时你就应该开始想想。有这个必要。

梯子已经完全在你之下。叠罗汉，每人隔几个横档。梯子被注入一条实线，实线向后延伸，弯进塔影倾斜的阴暗。队伍里的人双臂交叉。那些在梯子上的觉得脚痛，他们全都向上看。这台机器只会前进。

爬上塔的舌头。跳板原来很长。跟你站在那儿的时间一样长。时间变慢。时间在你周围变浓，当你的心跳变得越来越快——随着每分每秒，随着底下泳池系统的每次运动。

跳板很长。从你站的地方它似乎伸向虚无。它要把你送到某个地方，由于跳板自身长度你看不到的地方，想都不想就把自己交出去似乎不对。

从另一方面看，这同一个跳板，只是一块细长的平板，覆着一层粗糙的白色塑料材料。白色的表面非常粗糙，斑斑点点地布满了一种淡水红色，尽管如此那还是红色而不是粉红——泳池的旧水珠反射着尖锐山峰上的晚霞。跳板上粗糙的白色材料是湿的。而且冰冷。你的脚被细横档弄伤了，现在极其敏感。它们感到你的重量。在跳板开始的上方有两溜扶手。它们不像刚才梯子上的扶手。它们很粗，做得很低，所以你几乎要弯腰才能抓住。它们只是摆设，没人会抓。抓它们浪费时间，而且打乱机器的节奏。

一块又长又冷又糙的白色塑料或玻璃钢跳板，上面布满纹路，颜色就像令人伤感的近乎粉红的劣质糖果。

但在白色跳板的末端，边沿，那个你将要用你的重量压下去、让它把你送走的地方，有两块深色的区域。光天化日下两块扁平的阴影。两个模糊的黑色椭圆。跳板的末端有两块污点。

它们来自你前面来过的所有人。你的脚站在这儿柔嫩并且凹陷，被粗糙潮湿的表面弄痛，你知道那两个黑点来自人的皮肤。它们来自脚上磨损的皮肤，来自有真实重量的人消失时的暴力。你数也数不清的人。他们消失时的重量和摩擦在身后留下一小块柔弱的脚印，皮肤的小片、碎末和毛发，占据微小的面积，涂抹在太阳下的跳板末端，变脏变黑变黄。它们累积，涂抹，混为一体。它们黑成两圈。

在你之外完全没有时间流逝。不可思议。底下的芭蕾现在是慢动作，蓝色果酱中兴致勃勃的哑剧表演。如果愿意你其实可以永远待在这儿，内在的震颤如此飞速，你可以一动不动地漂浮在时间之中，就像一只蜜蜂在什么甜东西上。

但他们应该清洁一下跳板。任何人只要想上一秒就会明白，他们应该清洁跳板末端的皮肤印迹，那两块之前遗留物的黑色沉积，从后面看那两个点就像一双眼睛，一双瞎眼，一双斗鸡眼。

你所在之处现在一片静止。没有风和广播在呼喊在溅洒。没有时间也没有真正的声音，除了血在你头里嘶嘶作响。

在上面意味着风景和气味。气味亲密，清新。漂白粉特殊花朵的气味，但从中其他东西像草籽雪一样涌向你。你闻到深黄色的爆米花味。甜甜的防晒油像热椰汁。热狗或玉米热狗。一丝很黑的纸杯百事可乐味儿，微弱而冷酷。还有那特殊的从大量皮肤上散发的大量水的气味，就像洗澡的蒸汽正往上升。体温。从上面那比什么都真实。

看下面。你可以看见所有复杂的事物，蓝的白的棕的，浸在一片水光闪烁的深红里。所有人。这就是人们所说的视野。你知道从下边你几乎看不到这么高的上面。你现在明白了你在多高的上面。你知道从下面没人看得出。

他在你后面说话了，他的眼睛在你脚踝上，那个结实的秃头，嗨小子。他们想知道。你在这上面计划要待一整天还是怎么回事。嗨小子你没事吧。

时间永远都有时间。你无法用心去消磨时间。什么都要花时间。蜜蜂为了静止不动必须动得飞快。

嗨小子他说嗨小子你没事吧。

金属花朵开在你的舌头上。没有时间想了。现在到了你没有时间的时间。

嗨。

现在，慢慢地穿越一切，有一种注视像击水的圆圈那样扩展。看它从梯子扩展开去。能看见你妹妹和她薄薄的白色背包，瞄准。你妈妈向你刚才待的浅水池看，然后用手当遮阳板。鲸鱼动了动，晃了几下。救生员往上看，他腿旁边的女孩往上看，他拿起他的哨子。

下面永远都是粗糙的平台，快餐，单薄的金属乐，下到你刚才待的地方；生产线连绵不断，没有倒退挡；而水，当然，只有你在它里面才会柔软。向下看。现在它在太阳下移动，充满了光的硬币，当伸入一团湿气——那是你自己甜咸的汗——硬币就会微微泛红。硬币裂成新月，长而尖锐，心碎的星光。正方形水池是一块冷冷的蓝色床单。冷也是一种硬。一种盲。你已经失去保护。生日快乐。你想好了吗。既是又不。嗨小子。

两块黑点，暴力，消失在时间之井。高度不是问题。当你下降它就会完全改变。当你击中，用你的重量。

那么哪个是假象？硬还是软？沉默还是时间？

假象非此即彼。一只静止、悬浮的蜜蜂动得比它想的还快。从上面那甜味让它发狂。

跳板将会点头而你将会走，皮肤眼睛就可以盲目地穿过一片布满云朵的天空，被刺破的光在尖锐的石头下变空，那石头就是永远。那就是永远。走进那皮肤，然后消失。

你好。

伊森·坎宁

（一九六〇生于美国密歇根州）

二十世纪八十年代的美国文坛，杰伊·麦金纳尼、布雷特·伊斯顿·埃利斯和塔玛·贾诺威茨等年轻的新锐作家，以他们独具一格的文体和富有时代气息的故事而大放异彩。伊森·坎宁的崭露头角也大体是在这一时期。不过这位在哈佛医学院学医的文静青年同时髦的闪光灯不大相符。其本人也似乎和同时代的作家划线为界，断言“文体这东西越不显露在外，作品越具真实性”。

坎宁写的故事并不前卫，所承续的是所谓正统小说的传统。故事偶尔有点刻意，但绝不保守。温文尔雅的个性在其所有作品中静静地、直率地渗透出来。在他写的短篇里面，这篇作品无疑可以列为精品。只管轻松品读好了！

天使仁慈，天使愤怒

伊森·坎宁

埃莉诺·布莱克七十一岁生日那天，一群鸟从一扇她四十年来每天早晨都要打开的窗户飞进了厨房。它们从院角的银杏树上——从罗斯福时代起鸟儿们就天天待在那儿——一下子全飞进来，毫无预兆，毫无原因。它们又大又脏又黑，几乎有猫那么大，比她想象中的鸟要大得多。天空中鸟是多么小。在露天，甚至在离窗十码外修过枝的银杏树上，它们也不过就是些模糊的色斑。而现在它们在她的厨房里，拍打着天花板和几个月前她才刚刚清洗过的黄色墙壁，它们的恶臭、它们的鸣叫、它们疯狂扑腾的翅膀让她觉得呼吸困难。

她坐下来吃了颗消水肿的药片。它们就像受了伤的动物那样厉声尖叫，绕着顶灯急促地打转，看得她眼花缭乱。她拿起电话，按下自动接通她儿子的按钮，他是医生。

“伯纳德，”她说，“屋里有群乌鸦。”

“才早上五点，妈。”

“是吗？对不起，这里是七点。我忘了。但真的有乌鸦在厨房里飞。”

“妈？”

“嗯？”

“你的药都吃了吗？”

“吃了。”

“格鲁克医生给你开过什么新药吗？”

“没。”

“你刚才说怎么了？”

“屋里有一大群乌鸦。”

伯纳德没说话。

“我知道你在想什么。”她说。

“我只是在想有时候新的药物会影响人的感官系统。”

“你想不想听听它们的声音？”

“行，”他说，“好主意，让我听听。”

她把话筒朝上对着天花板。鸣叫声如此之大，她知道即使很远他也能听到。

“怎么样？”她说。

“见鬼。”

“我该怎么办？”

“有几只？”

“我不知道。”

“什么意思，你不知道？”

“它们发疯似的绕着房间飞来飞去。我怎么数得清？”

“它们攻击你了吗？”

“没有，但不管怎样我想让它们出去。”

“我在丹佛怎么让它们出去？”

她想了一下。“要去丹佛的人不是我。”

他在电话里喘着粗气，呼哧呼哧地，像个孩子。他是丹佛综合医院的部门主管。“我只是在想，”他说，“我不可能在科罗拉多抓把扫帚赶走你在纽约的那些鸟。”

“那怪谁？”

“妈。”他说。

“嗯？”

“打电话给动物保护协会[①]。告诉他们发生了什么。他们有个部

① 全称为 Society for the Prevention of Cruelty to Animals，缩写 SPCA。

门处理类似这样的事情。他们会派人来赶走它们。”

“他们很忙。”

“我知道，”他说，“别打911。那是对紧急事件的。打普通的SPCA。好吗？”

“好。”她说。

他顿了顿。“你可以过会儿打回来让我们知道事情怎么样了。”

“好。”

“没问题？”

“没问题。”她等了一会儿，“你还有什么想说的吗？”

“没了。”他说。

她挂断电话，过了一会儿，除了有两只，其他鸟都原路从窗户飞了出去，那两只走了另一条路，穿过她开在那儿的转门飞进了起居室。她跟着它们走了进去。其中一只正在书架上跳来跳去，而就在埃莉诺看它的时候，另外一只从房间中央笔直飞向窗户，一头撞到玻璃上。窗玻璃颤动着，那只鸟踉跄了几下，随即重振旗鼓，又来了一次。有那么一会儿埃莉诺就站在那儿看着，然后她去了厨房，从冰箱拿出一瓶香草汽水，给自己倒了一杯。昨天外面温度有三十八度。她喝完汽水，把瓶子放回去，再重新坐下来，拨了911。

“紧急热线。”一个女人说。

埃莉诺没说话。

“911 紧急热线。”

“有群乌鸦在我房间。”

“鸟吗？”

“是的。”

“你应该打动物保护协会电话。”

“它们要把窗户撞破了。”

“听着，”她说，“我们本来是不提供这类建议的，但你所要做的就是悄悄爬到一只鸟的下面，然后捉住它。它们不会伤到你。我是在农场长大的。”

“我是在这儿。”

“你可以的，”她说，“你也可以打给动物保护协会。”

她挂了电话，回到起居室。一只还栖息在她的书架边上，坐在那儿，翅膀一张一合，而另外那只，发疯的那只，笔直地飞向前窗，重重地撞上去，掉到窗台，然后接着再逃回空中。它一次又一次笔直地飞向窗户，发出像核桃钳里的核桃那样的撞击声，掉到窗台，然后又歪歪扭扭地扑腾着飞回到屋子中间，发起新一轮攻击。窗户上已经有一小块淡蓝色的羽毛油脂的斑点。那只鸟又撞了一次，扑打着翅膀掉到窗台上，这次它停在那儿，歇住不动。透过窗户埃莉诺注意到她家街对面的那栋房子被漆成了绿色。

“待在那儿，”她说，“我来开窗。”

她朝那只鸟走了两步，尽可能让身体其他部位保持不动，像猎狗那样，移动一条腿，停下，再移动另一条。她旁边书架上那只镇定的鸟儿歪着个脖子，头轻轻地一扯一扯——下，上，侧面，下。她朝着窗户前进，直到发疯的那只突然飞起来，撞向玻璃，掉到窗台，再飞起来，再撞，然后又再一次歇住不动。她停下脚步。它立在那儿。让埃莉诺惊恐的是，她可以透过它的皮肤看到它怪异的脉搏，沿着翅膀和身体狂乱地颤动，似乎整只鸟就是一颗正在剧烈跳动的心脏。她纹丝不动地站了好几分钟，盯着。

“嗨。”她说。

它抬起翅膀，似乎又要飞向窗户，但接着又放了下来。

“我丈夫是富兰克林·罗斯福的朋友。”她说。

鸟没有动。

“为什么你不能像你朋友那样呢？”她用下巴指指书架上的那只，它张开嘴。嘴里的喉咙是黑色的。她朝窗户又走了一步。现在她离发疯的这只已经近到可以看见它弄皱的、淡紫色的胸部羽毛和眼睛里黑色虹膜外的一圈黄边。它的心脏还在跳，但没有抬高翅膀，只是像刚才另外一只那样歪着头。她向它伸出双手，伸到一半停住。“今天是我生日。”她低声说。她就像那样等着，双手伸着。那只鸟把头歪了一下又缩回去，然后就一动不动地立着。等它安静下来有一会儿了，她才把手完全伸过去，放在它微微颤抖的身体两侧。

有一刹那，被拉长了的、古怪的一刹那，自然法则似乎失效了，那一刹那她几乎没觉得有什么奇怪，那只鸟一动不动。它油油的冰冰的，它歪掉的羽毛戳着她的手掌。在那一瞬间她想到的，竟然是那天她丈夫查尔斯，走进起居室向她宣布肯尼迪总统打算对古巴人发射导弹。当他告诉她那个消息的时候她感觉就跟现在一样，仿佛自然界发生了什么她不太理解的小问题，就像现在她不太理解这只鸟为什么一动不动，直到它突然尖叫一声，在她手里扭动着，然后飞到空中。

她退后几步。它在屋里转了一圈，然后又撞向玻璃，这次是靠近书架的另一扇窗。那只镇定的鸟离开它的栖木，直接穿过门厅，飞进了她的卧室。发疯的那只一鼓作气再次飞向窗户，对着它上下扑腾，像飞蛾那样用翅膀拍打着宽大的窗玻璃。埃莉诺走到前窗，但她打不开它，因为去年油漆房间的那个墨西哥男孩把窗闩弄坏了。她穿过屋子走进厨房，开始找动物保护协会的号码。

一个小孩接的电话。埃莉诺愣了一下。“我要求助，两只乌鸦在我家里。”她说。

小孩放下电话，过了一会儿一个女人来接了。“我要求助，两只乌鸦在我家里。”埃莉诺说。那个女人挂了。埃莉诺又对了对号码。这次是个男人接的。“协会。”他说。

“有两只乌鸦在我家里。”埃莉诺说。

“它们是从窗户进来的吗？”

“那扇窗我一直开着，”她回答说，“我已经开了好多年都没事。”

“那现在开着吗？”

“开的。”

“你试过赶它们出去吗？”

“试过。我照警察说的办法抓了一只，但它咬了我一口。”

“它咬你了？”

“是的。警察在电话里提议的。”

“皮破了吗？”

“流了点血。”

“它们现在在哪儿？”

“在起居室，”她说，“一只在另一个房间。”

“好吧，”他说，“告诉我你的地址。”

他们讲完，埃莉诺挂上电话走进起居室。发疯的那只立在窗台上，看着街道。她走进卧室，四下里看了一会儿才发现镇定的那只站在灯顶上。

她已经活得够久了，久到足以知道什么叫静观其变，所以她关掉卧室的灯，走回起居室，拿掉罗斯福总统坐过的那张椅子上的塑料罩膜，然后呢，双臂交叉，一屁股坐上去。现在那只疯鸟平静了。它站在窗台上，不时在那段木头上趾高气扬地向前急促地走上三四步，然后转向她，头上下点动。她也朝它点点头。

上次那张椅子上的塑料膜被拿掉还是在理查德·尼克松辞职那天。查尔斯说富兰克林·罗斯福会喜欢那样，所以那天他们就拿掉了塑料膜坐在上面，后来又坐了好几天，直到查尔斯把一些花生掉到了坐垫和扶手中间，她有点担心，于是又把它盖起来。过了这么多年这张椅子仍然很结实。

那只鸟看着她。它的脚有四个爪子，上面布满鳞片，就像肉店里卖的鸡脚那样。“滚出去，”她说，“出去！从你来的那个窗出去。”她冲它挥手，在椅子前面拍打着，但那只鸟没动。她坐了回去。

门铃响了，她起身打开楼房对讲器。是SPCA。当她打开房间大门的时候，看见一个年轻的黑人女子站在那儿。她很胖，留着短短的发辫。在那个女人自我介绍完进屋之后，埃莉诺吃惊地发现她一边头的头发很长。她穿着工作服和一件粉红色高领绒衣。

“那么，”她说，“你说的那些乌鸦在哪儿？”

“在起居室，”埃莉诺说，“你再不来，它就要把玻璃撞破了。”

“我一接到电话就来了。”

“我不是那个意思。”

那个女人走进起居室，右腿稍微有点摇晃，似乎有点跛。那只鸟从窗台跳到窗框上，然后又跳回窗台。那个女人站着一动不动，双手靠在前面盯着鸟。“这不是乌鸦，”她终于说道，“这是鹩哥。这里很少见的品种。”

“我是在纽约长大的。”埃莉诺说。

“我也是。”那个女人退后几步，转过身背对着鸟，开始欣赏埃莉诺的起居室。“你知道，乌鸦在这儿也很少见。有些像这种特殊品种的搞糊涂了，从长岛跑到了这儿。”

“可怜的家伙。”

“对了，”那个女人说，“你有没有一点汽水什么的？外面很热。”

“我看看，”埃莉诺说，“听说昨天外面有三十八度。”

埃莉诺走进厨房。她打开冰箱门，站在那儿，然后又关上。“我什么都没了。”她叫道。

“没关系。”

她倒了一杯水端出去给那个女人。“给。”她说。

那个女人喝了口水。“好，”她说，“现在我想我要动手捉了。”

“今天是我生日。”

“真的？”

“是的。”

“您多大了？”

“八十一。”

那个女人在她背后伸出手，拿起那杯水，做了个干杯的动作。“那么，祝你八十一岁生日快乐。”她说。她放下杯子，走过去打开前窗。然后她蹲下来向那只鸟靠近，它在另一个窗台上。她慢慢地移动脚步，她的头歪向一边，粗大的胳膊向前张开，当她离窗户只有几步远的时候，她朝前一弯身，把那只鸟握进手里。它扑腾了几下，然后便静静地待在她手里，她转身走向那扇打开的窗户，她放了它，它飞回空中。

那个女人走后，埃莉诺把塑料膜放回椅子上，给她儿子又打了个电话。医院的人去喊他，他来接电话的时候听上去有点烦。

“很难弄，”她说，“动物保护协会的人只好来了。”

“他活儿干得漂亮吗？”

“嗯，漂亮。”

“好，”他说，“太好了。”

“那鸟是一种稀有品种，”埃莉诺说，“他必须用一种带金属把手的捕鸟器。一副有铰链的长钳子。”

“好，太好了。”

“你在忙吗？”

“嗯，是的。”

“那好吧。”

“好。”

“还有什么事吗？”

“没了，”他说，“就这样。”

他们挂断后过了一会儿，门铃响了。还是那个SPCA的女人，当埃莉诺让她上楼后，她发现她站在门厅，捧着一束用报纸包着的康乃馨。“给，”她说，“SPCA祝您生日快乐。”

“哦天。”埃莉诺说。有一下子她觉得她就要哭了。“它们真美。”

那个女人走进房间。“我只是觉得您是个好心的太太。”

“为什么啊，太谢谢你了。”她接过花把它们放在门厅的梳妆台上。“你要喝杯茶吗？”

“不，谢了。我只是想把花拿上来。我还有许多求助要处理。”

“你要再喝点水吗？”

“不要了。”那个女人说。她笑着碰碰埃莉诺的肩，然后转身走下楼。

埃莉诺关上门拿出花。她凑近了去看那些花的花茎，想找到一些迹象表明它们已经放了好几天，但没找到。花茎底部没有发胀，被整齐地切成斜角。她把它们拿进厨房，洗了个花瓶，把它们放进去。然后她给自己倒了半杯香草汽水。喝完后，她走进卧室，从床头柜的抽屉里拿出一张纸，开始写信。

亲爱的布什总统：

我是罗斯福总统的一个朋友在我八十岁生日之际写信给你是关于今天一个稀有物种毫无预兆地闯进了我的生活而那需要一个像您这样的人亲自伸出援手

她坐直身体把信看了一遍。每行末尾的字迹都变得越来越小，于是她把那张纸放到一边，又拿出一张新的。就在这时，那只镇定的鸟飞下来停在书桌边上。埃莉诺猛地退后，从椅子上站起来。“哦，”她说，摸摸自己的心，“当然。”

然后她双手拍拍头发又坐下来。那只鸟歪着个头看她。埃莉诺也看它。它的身体是黑色的，但她能在它胸部的羽毛上看见一道颜色随光线而变化的彩虹。它趾高气扬地朝她走了几步，头颤动着，左，右，前。它的眼睛是黑色的。

她伸出手，身体稍有一点前倾，然后，慢慢地稳稳地移动头部，摸了一下它羽毛就缩回来。那只鸟跳起来，张开翅膀。她坐回去，看着它。坐在那儿，她意识到这也许算不了什么。她只是一个住在公寓里的老妇，而它只是一只迷路的小鸟。可惜他们不能互相说话。她很想知道这只鸟几岁了，以及生活在天空中，是什么样的感觉。

安德莉亚·李

（一九五三年生于美国费城）

安德莉亚·李在哈佛大学取得文学硕士学位后，作为专职撰稿人服务于《纽约客》杂志，同时精力旺盛地为各种杂志写小说和非虚构作品。第一本书《俄罗斯日记》(*Russian Journal*）获美国国家图书奖提名时，她才二十出头。后来她同一位意大利伯爵坠入情网，婚后育有两个孩子，如今住在都灵。

说起来，仅看她的经历都不禁令人赞叹，何况美貌出众。前不久我在纽约有幸见了她一面，她身段苗条、举止优雅，荡漾着洗练的知性。我想我知道为什么有一条评论会这么写："较之她小说中的出场人物，作者本人更容易引人入胜。"（詹妮·李）《生日礼物》这个故事收在其最新短篇集《有趣的女人》(*Interesting Woman*，2002）中。

生日礼物

安德莉亚·李

米兰的某个地方，一只手机在响。对此爱丽儿相当确定。但真的吗？那只手机也许正在科莫湖林木葱郁的湖岸边，在一座有看家狗和闭路摄像机的粗俗大别墅里演奏着莫扎特或巴赫的电子铃声。或者是在波托菲诺一间价格超贵的酒店套房。或者为什么不是在伊奥利亚群岛、伊斯基亚岛或撒丁岛[①]呢？现在是九月底，整个地中海沿岸，那些政客、武器制造商和斯拉夫歹徒的游艇都还肩并肩紧挨着停在各个港口放纵的金色阳光下，排得满满的工作日程表在那儿毫无意义。事实上那只电话可能在世界上任何一个有富人的地方响起。

① 这几座岛及上文的科莫湖和波托菲诺均为意大利著名的度假胜地。

但爱丽儿宁愿设想那是米兰，那是离布里安萨乡村（她和家人住在那儿一幢修整过的农舍里）最近的城市。她努力想象那只小巧玲珑的手机放在一间公寓的桌上，而那间公寓跟她十五年前在华盛顿和几个乔治敦大学的高年级女生合住的房间不无相似。从宿舍再进一步，那就——就会像一出关于年轻专业人士性生活的情景喜剧，虽然淫荡，但有一种可爱的青春的生涩。她会感到很不安，如果想到她正在打电话给一个塞满当代米兰奢侈品的堡垒，就像她一些暴发户朋友的公寓那样：闪闪发亮的大理石，定制的马赛克，从破古堡里剥下来的细木护墙板，令人沮丧的新钞票的气息四处蔓延，就像烤面包上的黄油。

唔——如果它就是个像那样的地方呢？那就该有，她猜想，一些专业的装修。镜子：那自然不用说，还有手球场那么大的床，一张海狸皮的毯子，以及设置便利的手铐。也许更衣室下面有个小小的地牢？至少，一间装有摩洛哥式洗浴设备的浴室，里面有古董洗礼盘做成的净身盆。巨大的衣橱，吊袜带和无衬内裤以拜物教式的完美一堆堆叠好。一盒盒专业避孕套，分门别类，按样式和口味——或许。她们是按批订购的吗？从一份目录上？但现在爱丽儿收回思绪，因为有人接起了电话。

“哪位？”声音年轻、友好而急促。

“是比芭吗？”爱丽儿用她准确但口音很重的意大利语问道，

她从没想过要改掉自己的美国口音。

“是的。”那个声音说，带着有点欢快的匆忙。

“我是弗拉维奥·科斯塔尔托的一个朋友，他告诉我你和你的朋友——你的同事——也许会有兴趣和我丈夫共度一晚。这是个生日礼物。”

当婚姻徘徊在某一阶段——那种并不少见的停滞期，两个当事人彼此都已经无话可说——有时夫妻仍然可能相处得很好。要表现出宽宏大量的姿态，确切地说，是不释放绝望信号的姿态。弗拉维奥并不是当真的，当他建议爱丽儿送给她丈夫罗伯托一个年轻女孩，作为他五十五岁的生日礼物。像往常一样，他只是想惹恼她。弗拉维奥是罗伯托最好的朋友，一个六十岁的卡拉布里亚[①]电影制作人，五六年前他最终放弃了引诱爱丽儿的企图，转而开始满足于一种口头上的亲昵：只要一见面，他就会用微妙的话语调戏她。爱丽儿是个高挑、清秀的三十七岁女人，一个在世界各地的军事基地长大的军官后代，她那典型的美国式美貌有一种干练的实用感——这她很清楚——这是一大缺点：在机场，她有时会被游客搭讪，他们以为她是那儿的专业人员。在派对上，每

① 意大利南部的一个大区，包含了那不勒斯以南像“足尖”的意大利半岛。

次必有书呆子向她阐述说对于一个身材高挑、动作颇有几分慵懒的美人而言，取这样一个最能代表性情反复无常的名字是多么的不合适，这种时候她总是很耐心。她自己的看法是——绝对不说出口，就跟她的许多想法一样——除了心思飘渺，莎士比亚的爱丽儿的主要特点是能干和忠贞[①]。一如她自己，天生丽质：在世上任何地方都是珍品，在意大利尤其是。对于罗伯托，这个老派的家庭暴君，她是个理想的妻子——第二任妻子。而对于弗拉维奥，她是个完美的受害者。当他提出这个建议的时候，他们正坐在他第四任妻子那铺张的现代化别墅的花园里，别墅位于科莫湖附近一个门卫森严的社区，而当时他们俩的配偶都在平台的另一端，在看玻璃砖的样品。然而爱丽儿却打了他一个措手不及：她笑着接受了他的创意。当她这样做了，她不禁想到自己对这位老好人弗拉维奥怀有的感情是多么深厚，从她刚到意大利的时候起，那时她还为他保留着一个新妻子对她丈夫最好的朋友所持有的那种礼仪性的厌恶。而如今她成了他迈向老年的一个同情的旁观者，看着他那些所有上年纪的花花公子都在劫难逃的装备：飞行员式的荧光眼镜和爬行动物式的皮肤；一个有钱的、暴君般的太太，强制执行严格精确的清淡饮食；一本小小的棕色通讯录，上面满

① 莎士比亚剧作《暴风雨》中的爱丽儿是一个精灵。

是不会再打电话的出名朋友。那个下午，当爱丽儿柔媚地问他要米兰最好的应召女郎的电话号码时，她看着他的镇定崩溃，第一次感到心满意足。

“你不是当真吧，”他咕哝着，“爱丽儿，亲爱的，你认识我够久了，你知道我是开玩笑。你不会……”

“不要那种拉丁式的乖乖女和坏女孩，弗拉维奥。那有点儿过时了，就算是对你。”

“我只是想说你不是个意大利妻子，有些微妙之处你永远都无法理解，哪怕你在这儿住一百年。”

“哦，饶了我吧，别来人类学这套。”爱丽儿说。像这样干净利落地收拾弗拉维奥实在是件乐事。那个女孩的主意，她怀着一种对她来说很少有的恶作剧般的冲动而答应的主意，现在突然变得更具体了。“给我号码就好。”

弗拉维奥沉默了几分钟，他那肥厚的、布满太阳斑的双手环绕着柠檬酒的酒杯。“你们还一起睡吗？”他突然问，“还行吗？”

“一起，还行。”

“那你到底想干吗？他对你很忠实，你知道。对他这么个好色的家伙简直不可思议；你知道他的第一次婚姻。和你一起他只犯过几次小错，但都无足轻重。”

爱丽儿点点头，丝毫没有生气的意思。她知道那些小错，很久以前她就已经把它们纳入自己选择终生在异国生活的预计之中。不管怎样，他说的没有影响她的决定。

弗拉维奥叹了口气，眼睛望向天空。“行。好吧。但你要十分小心。”他说，他朝平台那端扫了一眼他那时刻保持警惕的妻子，她穿着金色的凉鞋，一副厌食症的身材。随即，他又神秘兮兮地补充说：“不过，至少你是天主教徒。了不起。”

所以，感谢弗拉维奥的棕色小本子，现在爱丽儿正在和比芭通话。比芭——一个婴儿式的绰号。二十多岁的前模特。巴西人，但没变过性。高挑。黝黑。跟一个俄罗斯的金发女郎搭档。“她们两个美妙极了，看到她们，你就好像进入了另一个空间，一个天堂，那儿一切都简单而神奇。”弗拉维奥说，在和爱丽儿进行的一连串密谋电话中，他吹得天花乱坠，这种惬意的对话让他妻子怀疑，并使他再度感受到惹恼爱丽儿带来的快感。“真正的危险是罗伯托也许会跟她们其中一个坠入情网，”在他们的一次通话中，他快活地提醒道，“不，大概不会——他太小气了。”

相比之下，和比芭通话很轻松。“几个人？”比芭问，语气平淡得就像个宴会筹办人。她的声音里有一种秘密的快乐引诱着爱丽儿去探究，却比她平常说得更多。她努力控制着这股冲动。她从一些杂志文章上看到，像所有人一样，妓女只想简单地干完活拉倒。

“就我丈夫。”爱丽儿说，感到一股镇定的勇气升上心头。

“加上你？”

弗拉维奥说过比芭在米兰那些喜欢玩“课外游戏”的贵妇人中很受欢迎。就像她们买羊绒衫和去堕胎的地方地址都不会列在电话簿上，比芭是最顶级的，也是极度私密的。弗拉维奥竭力鼓动爱丽儿也加入游戏，当她拒绝时他发出一阵会意的轻笑。那笑声意味着，像所有人一样，他觉得爱丽儿是个老古董。但她并不是——然而这个事实却被一些东西掩盖了，被她那要命的干练气质，被她高超的治家技巧：擅长安排宴会座位卡，自制意式宽面比她意大利婆婆做得还要好，养了两个会说双语的女儿。没人意识到这些年来，和经验丰富、需求旺盛的罗伯托一起，她同样也把那份干练投入到了许多色情游戏里。在他们的蜜月，在曼谷，他们曾经跟两个彬彬有礼的少女共度一晚，那两个少女是从一扇大玻璃窗后标着号码的一排人里挑出来的。但那是十二年前，尽管爱丽儿现在还不太清楚自己送他这个礼物的动机，但完全凭着女性敏锐的直觉，她知道她并不打算跟一对貌若天仙的妓女同台献艺。

按计划，爱丽儿将会和罗伯托约好在城里共进晚餐，然后比芭和她的同事会代替爱丽儿赴宴。饭后他们三个将去威尼斯大道旁的一套迷你公寓，那是弗拉维奥给自己留的房子，作为表示他独立于妻子的唯一姿态。爱丽儿坚持安排晚餐，虽然弗拉维奥反对，而且比芭告诉她，带着一丝玩笑，说那会让费用高许多。大部分客人，她说，都不要求晚餐。为什么爱丽儿坚持要她丈夫和两个婊子亲密地闲坐在一起，点前菜，第一道和第二道菜，然后甜点，这是个谜，即使对于爱丽儿。但她感觉这样做是对的。这正是她想要的方式，这可以让她觉得满足，不是吗？

当她们把一切安排就绪，爱丽儿尴尬地听见自己说："我希望你们俩会把事情做得很漂亮。我丈夫是个很棒的男人。"

而比芭，显然已经习惯了跟这些太太们说话，怀着非凡的耐心，向她保证，她明白。

爱丽儿刚放下电话，它又响了，当然，那是她妈，从美国打来的。"好了，你终于有空了。"她妈说，似乎在嚼什么东西，大概是低卡路里的硬面包圈，因为贝斯达现在是早上八点。"你究竟跟谁说了这么久？"

"我在筹备罗伯托的生日派对，"爱丽儿顺口说道，"我们要请一些人在高尔夫俱乐部吃晚饭。"

"高尔夫！我永远搞不懂你怎么能住在意大利还那么老土。在乔托[1]的山上打高尔夫！”

“乔托的山在翁布里亚，妈。这里是伦巴第，所以我们准许打高尔夫。”

不像比芭，爱丽儿可以十分清晰地想象出她母亲的样子：娇小，干瘦，瓷器般皮肤下面的肌肉就像钢制的吉他琴弦。她坐在插上门栓的公寓厨房里，穿着一身漂亮时髦的衣服，黑色的牛仔裤和羊绒T恤，那是她想象中自己开公司的制服：一家不太可能成功的郊区送信车队，信使都骑着小绵羊摩托车，她宣称这个灵感来自她最爱的电影《罗马假日》。咖啡和豆奶摆在面前，石英银的耳环微微颤动，一只上过光的指甲轻轻敲着台面，她的眼睛越过海洋和大陆，探测着与自己唯一的女儿间的距离。

要是她知道先前那个电话，她会说什么？几乎可以肯定，爱丽儿想，她会对那一举动里所暗含的创新精神感到高兴，因为她发现自己的孩子从本质上缺少这种精神，从小时候起爱丽儿可怜相的规规矩矩就是一个笑柄。她自己则用一种引人注目的风格熬过了一段生涩的守寡期，然后开始跟一个年轻许多的政治说客约会，她会很乐意跟她女儿，女人对女人地，聊聊他的性品味。但她不愿意吓到爱丽儿。

---

① 乔托·迪·邦多纳（1267—1337），意大利画家与建筑师，意大利文艺复兴的开创者，被誉为“欧洲绘画之父”。

对她的意大利女婿，爱丽儿的母亲打情骂俏，毫不知耻。现成的笑话是她应该先到意大利来。这个笑话总能博得罗伯托一丝勉强的微笑，同样，它也很受他母亲的欢迎，又一个迷人的寡妇，一个来自帕多瓦的知识分子，她对待自己的媳妇带着一种屈尊俯就的关心，就跟一个人对一匹得奖的传种母马的态度差不多。多年来，爱丽儿一直生活在这两台发电机搅起的尘雾中，而现在看起来好像她自己的两个女儿，随着她们的长大——八岁和十岁——也开始站在她们的祖母和外祖母一边。这些女性似乎没有一个能原谅爱丽儿的存在。所以爱丽儿决定对她和比芭新的结交保持沉默，这并非出于什么礼节上的拘泥，而是将它作为一种强大的护身符。那就像在十四岁时，她牢牢地守住自己不再是处女的秘密。

“有什么事吗？”她母亲问，“你的声音听起来有点怪。你和罗伯托没吵架吧，有没有？”她叹了口气，“我已经跟你说过一百次了，这些被宠坏的意大利佬天生就喜欢乱搞，所以需要一个能控制他们兴趣的女人。你要兴奋起来，保持警觉，还要有那么一小点淫荡，原谅我这么说，亲爱的。要不然，他们就会跑掉。”

在自己谎言的启发下，爱丽儿真的在高尔夫俱乐部举办了一场晚宴，就在罗伯托生日的前两天。那个俱乐部会所是一栋整修过的、由一个工业大亨建造的十九世纪城堡，举行派对的露台俯瞰着池塘和一个人工湖。三十多个他们的朋友聚集在九月底的凉气中吃了一顿伪乡村风格的当季美食，包括玉米糕和法索内牛排，以及一种叫“正宗真菌”的辣味黄蘑菇，上面全都铺了一层削过皮的阿尔巴松露。爱丽儿很为这顿饭而骄傲，她只花了比跟比芭通电话还短的时间就和俱乐部的大厨搞定了一切。

罗伯托是个律师，一个温和派政党的首席法律顾问，正像许多意大利政党那样，该党略显正派，而他那些朋友也都有着同样的闪亮外表：物质成功，略显正派。尽管这个团体是个国际化的圈子——许多人都喜欢讨美国老婆，正如他们喜欢开德国车——幽默却是典型的意大利资产阶级化的。那就是：啰嗦，无心的残忍，还有——为了向罗伯托致敬——全都跟性和性能力有关。有人在传看一篇《快报周刊》上的文章，上面写着用二十多岁的第三和第四个老婆来庆祝男人度过五十岁，每个人都不怀好意地瞥了瞥爱丽儿。然后罗伯托两个最老的朋友，弗拉维奥和米歇尔出现了，带着一个大大的礼品包装盒。结果那里面装的并不是侏儒脱衣舞女，像有人猜想的那样，而是一个小一点的盒子，然后是第三个、第四个和第五个盒子，直到最后，在欢呼声中，罗伯托打开了一个小小的伟哥包装。

五十五支冒烟的蜡烛插在一块巨大的梨子巧克力蛋糕上，他站在蜡烛前，用盛气凌人的风度向他的朋友们致谢。大家都笑，鼓掌——罗伯托·弗瑞欧索，正如他的昵称所暗示的，以他的火爆脾气著称[①]。他没有去看爱丽儿，作为一个受欢迎的后妻和人见人爱的好人，她正在尽职地引领着掌声。一如往常，她不必看他就能感受到他的存在，他已经深深烙入了她的脑海。他是个小个子，魅力非凡的男人，有个希腊式的大头，浓密的黑色短发正在变成清一色的钢灰色，向下钩的薄嘴唇形成一道顽固的皱纹，就跟他的祖父、一位西西里男爵一样。当爱丽儿遇到他的时候，那是十几年前，在佛罗伦萨附近她一个远亲的婚礼上，她立即察觉到了某种压倒性的意志力，那是她一直梦想的，一种能赋予她自身个性以某种形状的力量。他和她一样，毫无疑问都是他欲望的囚徒，在他们跳第三次舞的时候，看着眼前这个高得离谱、文静得可笑的美国美人，他脱口而出——一句将爱丽儿的个人神话永远圈定的魔咒——“你知道我要娶你。”

如今罗伯托依然是那个弗瑞欧索，不过现在他那股怒气是因为他在变老，是因为她在眼看着他变老。所以他折磨她，而且觉得这么做挺公平。像所有第二任妻子一样，爱丽儿本该是来解决问题的，但结果把问题变得更大。

---

① 弗瑞欧索（Furioso）在英文里有“疯狂，狂暴”之意。

罗伯托生日那天以刺眼的阳光开场，这宣告着明亮秋日的来临，阿尔卑斯山山北的气流把尘雾挟裹着带往大海。从爱丽儿家在岭上的房子看出去，景观突然变得一览无余，就像猛地拉开了一道窗帘。钢蓝色的阿尔卑斯山是她早上七点半透过窗户看到的第一样东西，他们的女儿，按照家庭惯例，冲进她们父母的卧室，推着一辆破旧的婴儿车，车上系着气球，车里放着礼物。艾丽莎和克里斯蒂娜，咯咯咯地唱着“生日快乐”，甩动着剪得齐齐的漂亮头发，心里一清二楚她们暴躁的父亲，最讨厌突然被惊醒的父亲，会任由她们摆布。尖叫，亲吻，在床上翻来滚去，爱丽儿能感觉到他们珍爱的这两个小东西，由于每周的骑马和体操，正在变得越来越精致、光滑和结实。会说双语，那要感谢她们在马里兰州度过的那些夏天，不过她们还是更像意大利人而不是美国人；在她当母亲那些忙碌而由衷快乐的时光里，有个别奇特的时刻，爱丽儿注意到她们是怎样——就像所有其他的年轻意大利女孩——流露出一种老气的早熟。至于她们父亲的礼物，她们凑钱从美体商店买了一些肥皂、眼霜和用蜂王浆做的面霜。“为了让你更年轻，爸爸。”艾丽莎说，直达问题痛苦的核心。

“我们今天真的要在茜尔维娜奶奶家过夜吗？”克里斯蒂娜问爱丽儿。

“是的，”爱丽儿回答，感到一阵羞涩从睡衣下升起，“是的，因为爸爸和我要在城里吃晚饭。”

女孩们大声欢呼。她们爱和她们的意大利奶奶待在一起，她会给她们的肚子里填满糖炒栗子和奇脆巧克力棒，让她们试穿她所有从六十年代起的璞琪套装。

当早餐——一顿有奶油蛋卷的生日早餐——吃完，女孩们坐在车上等她送她们去上学，爱丽儿递给罗伯托一个小小的礼品包装盒。他正要出门，他那副快活的父亲面具已经收进了秘密的暗袋。“一个惊喜，”她说，“晚上再打开。”他看看它，怀疑地摇了摇。“我希望你没去花钱买些什么我不需要的东西，”他说，“那个聚会……”

“哦，你会发现这个的用处。”她那欢快的语气听起来天衣无缝，这招她已经练了很多年。包装盒里是一叠一亿里拉的大额钞票，弗拉维奥公寓的钥匙，除此之外还有一条美妙的丝绸蕾丝内裤，爱丽儿买的尺寸比自己平常穿的要小。里面还附了一张便条，建议罗伯托，就像童话里的王子，可以在游戏同伴中——他自己会发现她们——寻找最适合穿它的人。便条写得机智风趣而又稍稍有点下流，正是罗伯托喜欢的那种风格。一种优雅的、妻子式的情调，最适合那种对小细节吹毛求疵的丈夫，所有意大利男人都这样。

把女孩们送到国际学校，爱丽儿跟她们复习了一遍日常问答：在什么时候和什么地方接她们放学，提醒体操服的事，给地理老师的留言条。她控制自己亲她们不要亲得太热烈，似乎她马上要离开做长途旅行。她看着她们消失在一片蹦蹦跳跳的小细腿中、一片藏青色的棉夹克中、一片咯咯咯的笑声和秘密中。她向其他的妈妈挥挥手，意大利人，美国人，瑞士人：这些精雕细琢的女人，脸上带着早晨特有的悲惨表情，在巨大的“陆地巡洋舰”里显得更加小巧，如果有必要的话，这种越野车可以带她们穿越拉普兰或者横跨赞比西河。

爱丽儿这天早上不想跟人说话，但她那咋咋呼呼的英国女友凯瑞丝趁机逮住她，坚持要去喝杯咖啡。两个女人坐在一家小小的甜品店里，所有妈妈都在这儿买点心和巧克力。爱丽儿小口喝着麦香卡布基诺，听着凯瑞丝唠叨她的膀胱炎。虽然爱丽儿十分心烦意乱，但她绝不允许自己走漏半点风声，哪怕是对她忠诚的朋友凯瑞丝——她有一副挤奶女工的脸色和一双色眯眯的眼睛。她绝不能把罗伯托的生日变成又一个女人间蜚短流长的小秘密。为了避免受到诱惑，她挑衅地环视着店铺架子上的蛋白酥、小杏仁饼、糖霜紫罗兰、巧克力盒子（里面摆满了包金纸的巧克力雪茄）、婚礼和第一次圣餐上用的裹糖浆的杏仁，像棕榈滩豪华大厦似的生日蛋糕。糖的气味压倒了一切。这时，就一下子，一整天就这一次，泪水刺痛了她的眼睛。

回到家，还有许多个小时要熬。首先，她电邮了一篇关于米兰包装设计的文章给一家美国杂志——她给一些美国杂志做自由译者。接着她打电话取消了在邻村上的课，一位老工匠在教她修复古代的墙纸，一门她钟爱的手艺，她的大手对此灵巧得让人吃惊。再接着她走到外面跟园丁工人说话——三个罗马尼亚的非法移民在替他们重修东边地块上一条被侵蚀的斜坡。她得跟他们讨价还价，而当她这样做的时候，那个头头，一个蛮横英俊的二十多岁男孩，用无礼的崇拜眼神上下打量着她。爱丽儿对漂亮男孩并非视而不见，她有时会想象和陌生人在不舒适的公共场所进行花样繁复的性爱。但他们对她来说并不真正存在，正如那些在派对上向她调情的男人根本不算什么。只有罗伯托存在，自从那久远的第三支舞开始，当她在他们俩和其余世界之间画了一个圈，就一直如此。这种感觉，她就连罗伯托也没告诉过，因为她觉得那会让他觉得无趣，其他人也一样。不过，只想要一个男人，一个自己已经拥有的男人，这真的有那么傻吗？

园丁走了之后，她便无事可做了——没有孩子要接也没有场子要赶；没有家庭作业要辅导，没有晚饭要准备。狗在兽医那儿洗澡和体检。没心思叫凯瑞丝或别的朋友过来吃午饭；也没心思回头继续工作，或者购物，或者看录像、看书。不，她什么都不想做，她只有面对事实：整整一下午，她将是这个世界上最孤独的女人。

三点左右，她坐上汽车沿着国道开向科莫湖，多年来她在那儿已经有了众多可以探望的亲友。她突然有股冲动，想看看那些沉睡在树木间可爱破败的别墅，看看绵延十公里的大湖伸向群山，就像伸向一个意料之中的未来。然而当她从格雷乔开往圣乔瓦尼-卡纳韦塞，一路经过泛黄的玉米田、地方工厂、乡下的迪斯科舞厅和古老的乡村教堂，她明白了自己为什么会来这儿。在点缀着垃圾的路边空地上，她看到那些常见的公路妓女正在等待着下午的生意。

已经有很多年，爱丽儿经常开车经过她们，在她去婆婆家或送女儿上骑马课的路上。跟所有其他人一样，她一开始悲叹，然后便十分顺利地接受了事实：那些路边女孩不过是一个犯罪世界的组成部分，而她们的奴隶身份有固定的时间表，就像那些工厂工人，她们十个钟头换一次班，被一辆辆光洁的小车运来运去。她们几乎就是风景的一部分，就像那些收费站。

首先，她看见一个棕色头发的阿尔巴尼亚女孩，看上去比艾丽莎大不了多少，穿着黑色的热裤和一件宽松的白衬衫，举着一只胳膊——就像一只笨拙的翅膀——朝经过的司机缓缓挥动。一辆行驶在爱丽儿前面的菲亚特慢下来，突然做了个U形拐弯，向后朝那个女孩开过去。再往前一公里是两个尼日利亚人，一个穿一件亮眼的粉红色运动装，坐在一只倒放的板条箱上晃动着膝盖，而另外一个，踩着一双高跷似的松糕鞋，站着在用手机闲聊。两个都很高，都有一头假辫子，都漂亮得令人不安。黑色的六翼天使，她们在这肮脏的路边现身是一种奇迹。

爱丽儿慢下来，想要更好地看看那个穿粉红色衣服的女孩，那女孩不置可否地瞪了她一眼，眼睛暗得就像咖啡豆。两车道的公路上车辆稀少，爱丽儿不禁把车停了一会儿，因为她感觉自己被这双眼睛吸引住了，感觉自己突然被某种东西迷住了，那让她回忆起在比芭的声音里听到的秘密。那个秘密看似一种快乐，然而，现在她意识到，其实是某种不同的东西：一种神秘的确定，那像一块磁铁一样吸引着她。她觉得莫名的感动——事实上，是有点失控。她的心在怦怦直跳，她意识到如果任由自己的话，她会打开车门，爬着拜倒在那扁平的黑色凝视之下。穿粉红色衣服的女孩对打电话的同伴说了些什么，于是那个同伴在三英寸高的鞋跟上扭过身来看爱丽儿。爱丽儿踩下油门。沿着公路又开了十公里，她再次停下来，为了擦掉脸上的一层汗水而猛地抽出一张面巾纸。开回家的路上，恢复镇静以后，她对观察得出的唯一结论，感到非常奇妙：她们竟然都是外国人——她自己，比芭，以及那些马路上的女孩。

六点。她走进屋子的时候，电话响了。是弗拉维奥，问计划进展如何。爱丽儿无法掩饰她的焦躁。

“听着，你觉得那些女孩会准时吗？”

“就我所知，她们一贯很守时，”他说，“但我要走了。我是在车库的车里打的，看上去开始有点可疑了。”

他挂了，但爱丽儿手里拿着话筒还站在那儿，她被眼前的事实惊呆了：除了担心宴会客人、室内装潢商、孩子保姆、铁匠和电工能否按时到达以外，她现在竟然还要操心比芭会不会让她的丈夫等。

七点半。现在的关键是不能接电话。如果罗伯托想着她——虽然这不太可能——他肯定会以为她正在车里，身着特殊场合才会穿的那种低调性感的黑色短装或裙子，高跟鞋踩下油门，疾速前往他们八点钟的约会。他还在办公室，匆匆忙忙地向罗马发出最后一份传真，偶尔停下来对他那疲惫不堪的助理阿米迪奥来点儿例行公事的咒骂。接着，他将冲进其冷酷的棕色大理石卫生间撒泡尿：她可以栩栩如生地想象出他鸡巴最后那不耐烦的晃动，今晚它将面临一次意料不到的历险。他抓起一把医生禁止他吃的巧克力，从咖啡机上倒一杯加糖的意大利浓缩咖啡一饮而尽。然后钻进闪闪发光的新款奔驰——他带着一丝罕见的自嘲称之为，进入男性更年期的纪念碑。在那之后，困在米兰晚高峰拥堵的车流里，他也许会给她打电话——以确定她会准时到达。

八点一刻。她坐在餐桌边吃着简朴的晚饭：一盘拌了奶酪和橄榄油的米饭，一片西红柿，一杯水。

电话又响了。她犹豫一下，然后接起来。

是罗伯托。“这么说你待在家。”他柔声说。

“是的，当然，”她答道，尽量让语气保持轻柔，“今天是你的生日，不是我的。怎么样，喜欢你的礼物吗？她们惊艳吗？”

他笑了，她感到欣慰得全身发软。“她们很迷人。不过她们穿得不太像上馆子的。你究竟为什么觉得我非要跟她们一起吃饭呢？我一直在祈祷不要碰见什么熟人。”

在背景里，她听见饭店低沉的轰鸣，夜晚始终如一的嘈杂，说话声、酒杯声、刀叉声、碗碟声。

“你在哪儿打电话？”爱丽儿问。

“收银台边上。我得走了。我不能没礼貌。稍后再打给你。”

“祝你好运。”她说。她在自己的语调里发现了一丝恶意，这让她很震惊，而让她更震惊的，是她放下电话时感觉到的那种权力感。把他骗进一家餐厅，迫使他跟两个妓女没话找话地聊天，而其他食客都盯着看，侍应生则咧嘴对他送上流氓的微笑。她在罗伯托声音里听到的是慌乱吗？那个调皮的比芭跟她的朋友会穿成什么样？别是像路边女孩那样低廉的热裤，她希望。就价格而言，至少应该是范思哲。

在那之后，爱丽儿除了踢掉鞋在房子里到处乱逛，就无事可做了。在打过蜡的古老的赤褐色瓷砖上，她的光脚觉得意外的温暖，这些老瓷砖是她花了好几个月工夫从旧货堆和坍塌的别墅里搜罗来的。她锁上门，启动警报器，但只开了门厅和楼梯的灯。然后她像个守夜人那样从一个房间走到另一个房间，房间里越来越暗，看着那些熟悉得像自己身体一样的家具，她感到一阵溺爱妻子般的骄傲。“溺爱妻子般的”——这个不恰当的词组确实浮上了她的脑海，当她的视线扫过那些琳琅满目的对象：餐厅里巴洛克风格的皮埃蒙特橱柜，女儿游戏室里一群警觉的芭比娃娃，楼上走廊里一幅曼托瓦画派风格的画作中丰满的雅典娜。爱丽儿何曾这么自由地在房子里游荡过？这令人愉悦，也有一点吓人。她产生了一个奇特的想法，这才是她策划这次生日游戏的真正原因：她想一个人待着，清醒地去拥有自己这些年来积累的孤独。想细细审视——她喜欢看多久都行——她自己房子里的黑暗。在楼梯顶上，她停了一会儿，然后开始慢慢地脱衣服，任它们轻柔地滑落脚下。然后，赤裸着，她在楼梯的最高一级上坐下，冰凉的石头麻木了她的屁股。她先前的孤独感消失了：她正在研究的阴暗似乎是一些友好的东西，它们争先恐后地要给她作伴。她用手肘撑地放松地往后靠，并好玩地上下晃动着膝盖，就像路边那个坐在板条箱上的女孩。

十点。睡觉时间。这是她从下午起就在想着的。几片美拉托宁，一杯丹麦黑啤，黑啤那苦苦的浓缩的蛇麻子味儿让她昏昏欲睡。一个细致的淋浴，刷牙，涂抹面霜和润肤露，一件灰色的棉质睡衣。她可以，她在想，为处于她这种状况的女人写一篇专门的礼仪指南。目的在于展露一种极致的洁净和不加修饰的美丽。要把头发洗净吹干，但不要抹香水或穿上任何会被看成有诱惑力的衣服。要表现出某种微妙的魅力，某种朴素的人间天堂式的魅力，某种卡吕普索之后珀涅罗珀[①]那样的吸引力。

十点半，她坐在床上，拿着一份《先驱论坛报》，读着FBI头号通缉犯名单的历史。每隔几秒钟，她试图十分冷静地去想罗伯托此刻必然正在做的事，但她确定事实上自己做不到。在她的胡

① 卡吕普索与珀涅罗珀均为荷马史诗《奥德赛》中的人物，《奥德赛》讲述了希腊英雄奥德赛在特洛伊战争中取胜后及返航途中的历险故事，珀涅罗珀是在家守候丈夫十年的奥德赛妻子，卡吕普索是将奥德赛羁留七年的女神。

思乱想中这两页报纸好像黏在了一起，怎么也打不开。

不过，她确实想起了在曼谷她跟罗伯托和一对按摩女共度的那个夜晚。她想起他们四个是怎样默默地走进一个亮着荧光灯的房间，房间里有个巨大的塑料浴缸，她想起那两个礼貌得可怕、也年轻得可怕的女孩，身体被泡沫肥皂水弄得滑溜溜的，挺着她们小而饱满的乳房和剃光毛的阴部给她按摩，结果她们只能让她想到洗好捆好准备放进烤箱的小鸡。她想起整个活动似乎渐渐要变成一场灾难，直到爱丽儿意识到必须由她来控制事态的发展。她用一些谨慎的手势暗示那两个女孩，她们三个要一起为房间里的这个男人来一场私密表演。那两个女孩心领神会，甚至好像松了口气，而对她们——在她的导航下——所干的一切，她丈夫显得无比享受。当时她觉得自己不像个色情演员，倒更像个联谊会的导演，在着手挽救一场尴尬的派对。她想起事后她是怎样地沉默不语——并非像罗伯托想当然猜测的那样，是那种被吓呆的小女生多愁善感的沉默，而是一种因为惊诧而产生的沉默，在这个世界上，她总是不得不扮演起女主人的角色。

她关掉灯，梦见自己和其他人一起坐在一架飞机里，机舱里还摇摇晃晃地堆着许多木板箱和旧汽车零件。他们降落在安第斯山，然后她发现其他人都是女人，都赤身裸体，就跟她一样。她们的体型肤色各异，她远不是最漂亮的，但也不是最丑的。她们在那儿录制一部特别的电视教育节目，为BBC或PBS[1]，脚本上要求一段即兴舞蹈，于是她们全都投入并笨拙地跳起来：苏格兰里尔舞、肚皮舞，随后爱丽儿提议大家手拉手围成一圈跳“玫瑰花环舞”，结果谁也没料到会那么好玩，因为最后大家全都一屁股坐到地上，咯咯咯地傻笑起来。这个梦怪就怪在它是如此欢快——无比的欢快。

她被房间的声音吵醒了，罗伯托爬上床抱住她。“只是尽丈夫本分。”当他亲她并伸手摸她乳房时她想，但接着她就不再想了。他闻起来干净得令人不安，是她熟悉的香皂。当他们做爱时，他对刚刚度过的夜晚做了一番口头描述，有点像一个孩子在清点新玩具。他所说的并不刺激，但听到他，为了她着想，努力让自己听起来显得轻蔑和超然，那种感觉很刺激。他那熟悉的身体地形也获得了一种暂时的神秘感，仅仅是因为她知道有其他女人——不管时间多么短暂和仓促——曾经勘察过它。就她记忆所及，很久以来还是第一次，她对罗伯托产生了好奇。

“她们真的那么漂亮？”她问道，躺在黑暗中，他们恢复了正常的谈话，“弗拉维奥说看到她们就像进了天堂。”

罗伯托发出一阵自负而快活的笑声，听上去年轻得像个小伙子。

---

① 美国公共广播公司。

“只有像弗拉维奥那种老笨蛋才会那样。这么说吧，她们很抢眼。黑的那个，比芭，有正点的身材，但她的朋友有更好的脸蛋。最要命的是跟她们一起吃饭——而且在那么恐怖的餐厅。那是谁的主意，你还是弗拉维奥？”他的声音变得滑稽委屈，“那种餐厅是游客去的，他们会在上完咖啡后推一车的薄荷糖和口香糖放你桌上。这些女孩还要了打包盒，你能想象吗？她们在盒子里装满了芝兰口香糖！”

他们俩相互枕着对方的手臂，笑得全身颤抖，他们已经有很多个月，甚至很多年没有这样了。一瞬间爱丽儿被一阵令人陶醉的成就感掠过。“她们谁赢了那条内裤？”她问。

“什么？哦，我没拿出来。那是丝的，手工做的，很贵的玩意儿——对妓女来说太好了。我把它留给你。”

“但我穿太小了。”爱丽儿抗议道。

“哦，那去换一条。发票你还留着，我希望。”罗伯托的声音本来是体贴的，纵容的，正如他们在一起时那些最好的时光，但现在出现了一道阴影：又回到他平常那种专横、不耐烦的语气。但很显然他还是相当高兴，不管是对自己还是对她。打了个哈欠，他宣布他要睡了，对这种马拉松他缺乏训练。他甚至都没用他的生日伟哥。他提起一个他们私下开的老玩笑，说爱丽儿的礼物充分证明了一点：他母亲让他当心不道德的美国女人是对的；然后他给了她最后一吻。外加在她屁股上占有性地、充满溺爱地捏了一把。接着他就睡了，他躺着一动不动，她还以为他已经睡着了。直到沉默很久之后，他低声说了一句："谢谢。"

他很快就呼呼大睡了。但爱丽儿静静地放松地平躺在那儿，胳膊放在两边，眼睛睁得老大。她总是限制着自己的幻想，她结婚已经太久，久到已经不会再对这种飞快的转变感到惊讶：她那小心翼翼的反常的快乐瞬间就溶化在深不可测的家庭琐事中。在某种意义上这是爱丽儿的胜利——是对日常的束缚所具有的力量的一种测量，很多年前，她为自己选择了这样的生活。所以她不会不高兴，她知道明天醒来她又要计划着去接女儿，并且发现什么都没有改变。

但是不对，她想，她翻了个身，有什么变了。一种失落感向她袭来，她意识到那是因为她想着比芭。比芭，这两个星期来她给爱丽儿的日子增添了一种光影迷离的魅力。比芭，在她最狂野的想象中，说不定会通过罗伯托带回一条友情的信息。不过，当然，没有什么信息，很显然，派对已经结束。天使们已经飞走，只剩下爱丽儿——好太太，好心肠——醒在黑暗中，身边围着一堆慰问品：一个睡着的男人，一栋沉默的房子，以及一条小小的信息，以她一贯的实干风格，她留下了比芭的号码。

雷蒙德·卡佛

（一九三八年生于美国俄勒冈州，一九八八年去世）

《洗澡》这部作品另有一个长的版本，名为《小而有用的事》。事实上，这个短版本是信奉“极简主义”的强势的编辑大加改写的结果。卡佛本人不满意，日后又创作了加长版。《小而有用的事》好得多，内涵更加深刻，不过《洗澡》这部作品也自有其难以割舍的韵味。那种仿佛被人无缘无故一刀砍去脑袋后的无望的感受，在别处是很难领略到的。

卡佛初期作品的主题，在于劈头盖脑的“失落”与“绝望”，但是到了后期，开始有“救赎”融入，作品世界随之被赋予深度、广度和温度。通过比较《洗澡》和《小而有用的事》这两篇作品，读者会对其戏剧性的转变有一个鲜活的认识。

洗澡

雷蒙德·卡佛

礼拜六下午，她开车来到市中心的一家面包房。浏览完一本页码松散、里面贴有各种蛋糕样品照片的册子之后，她订了一只巧克力蛋糕，她儿子的最爱。她挑的这只蛋糕表面装饰着一艘太空飞船和发射台，上面还有几点白色的星星。她儿子的名字斯科特会用绿色的糖霜写在蛋糕上，就好像那是太空飞船的名字。

她告诉他斯科特快八岁了，那个面包师若有所思地听着。他是个老男人，穿着件样式古怪的围裙，一根用吊环系住的宽带子穿过腋下，在背后绕一圈，再在前边交叉，打成一个很粗的结。听这个女人说话的时候，他双手不停地在围裙前面擦来擦去。她一边研究样品照片一边说话的时候，他湿漉漉的眼睛盯着她的嘴唇。

他随她慢慢看。他有的是时间。

她决定了要那只太空飞船蛋糕，然后把自己的名字和电话号码给了面包师。蛋糕将在礼拜一上午做好，在礼拜一下午的生日派对之前。这就是那个面包师所有要说的。没有玩笑，没有任何不必要的废话，只有这小小的、最简洁的信息交流。

礼拜一早上，男孩正走在上学路上。他和另一个男孩一起，两个人边走边把一袋薯条前后传来传去。过生日的男孩正在想办法从另一个男孩嘴里套出他会送自己什么生日礼物。

在一个十字路口，一不留神，过生日的男孩偏离了人行道，被一辆汽车飞快地撞倒在地。他趴在地上，头伸进阴沟，两条腿在马路上蹬着，仿佛他正在爬过一堵墙。

另一个男孩手里拿着薯条呆在那儿。他不知道自己该留下还是该继续上学。

过生日的男孩没哭。他也不说话。当另一个男孩问他被车撞到是什么感觉，他没回答。他站起来，转身回家，另一个男孩朝他挥挥手告别，然后一个人继续走向学校。

过生日的男孩把发生的事告诉了妈妈。他们一块儿坐在沙发上。她握住他的手放在腿间。就在这时候，男孩突然抽出手，往后倒了下去。

当然，生日派对再也没有举行。男孩住进了医院。他妈妈守在床边。她在等他醒来。男孩父亲从办公室赶来。他坐在她的旁边。于是现在是他们俩一起在等男孩醒来。他们等了好几个钟头，然后男孩父亲决定回家洗个澡。

他从医院开车回家。他开得比平常要快。迄今为止，他的人生一直都很美满。工作，孩子，家庭。他一直很幸运，很幸福。但现在恐惧使他想洗个澡。

他把车开进车道。他在车里坐了一会儿，想让脚动起来。他的孩子被车撞了，正躺在医院，但他会没事的。他下车走向门口。狗在叫，电话在响。电话响个不停，他打开门，手在墙上摸索着找电灯开关。

他拿起话筒。“我刚进门！”他说。

“有只蛋糕没拿。”

话筒另一头的声音说。

“你说什么？”

“蛋糕，”那个声音说，“十六美元。”

男孩父亲握着话筒贴在耳朵上，想搞明白到底怎么回事。他说：“我根本不知道你在说什么。”

“少来这套。”那个声音说。

男孩父亲挂了电话。他走进厨房倒了点威士忌。他给医院打了个电话。

男孩还在昏睡。

趁给浴缸放水的时间，他在脸上涂满泡沫刮了胡子。电话又响起来时，他正躺在浴缸里。他从水里站起来，急匆匆地穿过房间，嘴里说着“蠢，真蠢”，因为如果他好好待在医院就不会像现在这么狼狈了。他抓起话筒吼了一声：“喂！”

那个声音说：“已经做好了。”

午夜过后，男孩父亲回到医院。他妻子还坐在床边的椅子上。她抬头看看丈夫，然后又转过去看着孩子。床上方的一个装置上挂着一瓶液体，液体通过一条软管输到男孩体内。

“这是什么？”男人问。

“葡萄糖。”

他把手放到妻子脑后。

“他会醒过来的。”男人说。

“我知道。”

过了一小会儿男人又说：“回家吧，我来替你。”

她摇摇头。“不要。”她说。

"真的，"他说，"回家休息一会儿。不用担心。他在睡觉，仅此而已。"

一名护士推开门。她对他们点点头，朝床走过去。她从被单下拿出男孩的左胳膊，把手指头放到男孩的手腕上。然后她把男孩的胳膊又放回被单里，在系在床尾的笔记板上写了点什么。

"他怎么样？"女人问。

"情况稳定。"护士说。她接着又说："医生马上就来。"

"我正在说她应该回家稍微休息一会儿，"男人说，"等医生来了以后。"

"她是应该去休息一下。"护士说。

"我们要听听医生怎么说。"女人说。她抬起手捂住眼睛，头向前倾着。

那个护士说："当然。"

他凝视着自己的儿子，被单下他小小的胸部一起一伏。他感到更加害怕了。他开始摇头。他在嘴里像这样自言自语：儿子会好起来的，他只不过不是在家里睡觉，而是换成在这里睡觉，而睡觉不管在哪儿都是一样的。

医生进来了。他和男人握握手。女人从椅子上站起来。

“安，”医生对她点点头，“我们来看看孩子怎么样。”他走到床边，给男孩搭了搭脉。他翻开男孩的一只眼皮看了看，然后是另一只。他揭起被单听了听心音。他用手指在男孩身体各处按按。他走到床尾查看了记录卡。他在记录卡上标明时间，又潦草地写了点什么。然后他转过来对着男孩父母。

这医生是个英俊的男人。晒成棕褐色的皮肤显得很滋润。他穿着三件套的西装，色彩鲜艳的领带，衬衫袖口上用的是链扣。

男孩母亲在心里自言自语：他刚从哪个地方发言回来，他们给他颁了枚特别奖章。

医生说：“没什么好大惊小怪的，也别担心。他很快就会醒的。”医生又看了男孩一眼说：“等检查后我们会知道更多。”

“哦，不。”男孩母亲说。

医生说：“有时会有这样的情况。”

“那么，你们不把这个叫昏迷，是吗？”男孩父亲问。

男孩父亲盯着医生，等待着。

“不，我不想称这为昏迷，”医生说，“他在睡觉。这是一种自我修复。身体在做它必须做的事。”

“这就是昏迷，”男孩母亲说，“昏迷的一种。”

医生说：“不，我不会称这为昏迷。”

他拿起女人的双手拍了拍。他和男人握了握手。

女人把手掌放到男孩的额头上放了一会儿。“至少他没发烧。”她说。接着她又说：“我不知道。你来摸摸。”

男人把手掌放到男孩额头上。“我想这温度是正常的。”男人说。

女人在那儿又站了一会儿，牙齿咬住嘴唇。她走回椅子坐下。

男人在她旁边的椅子上坐下。他想说点其他什么。但没什么要说的。他拿起她的手放到自己腿上。这让他感觉好一点。这让他感觉仿佛正在说着什么。他们就那样坐了一会儿，望着男孩，沉默不语。他不时捏捏她的手，直到她把手拿开。

“我祈祷了。”她说。

“我也是，”男人说，“我也祈祷了。”

一名护士进来检查了吊瓶的输液情况。

一名医生走进来，他自报姓名。这医生穿着双皮便鞋。

“我们要把他带下楼再拍几张片子，”他说，“我们还想做个扫描。”

“扫描？”女人反问。她站在这位新医生跟床之间。

“没什么的。”他说。

“天哪！”

两个值班工人走进来。他们推着一辆像床似的东西。他们拔掉男孩的输液管，把他轻快地移到那个带轮子的东西上。

过生日的男孩被推回来时，已经是日出之后。男孩父母跟着值班工人进电梯上到病房。他们又一次在床边的老位置坐下。

他们等了一整天。男孩还是没醒。医生进来，检查，又离开——在说了同样的话之后。不同的护士。不同的医生。一名护士进来给男孩抽血。

“我不明白干吗要抽血。”男孩母亲对护士说。

“医生说的。”护士答道。

男孩母亲走到窗边，看着下面的停车场。开着大灯的汽车进进出出。她站在窗边，两手放在窗台上。她在心里对自己说：我们现在陷进去了，陷进大麻烦了。

她很害怕。

她看到一辆车停下来，一个穿长风衣的女人坐了进去。她想象自己就是那个女人。她想象自己正坐车离开这里，去到什么别的地方。

那个医生来了。他看起来气色很好，显得比以前更健康。他走到床边查看了一番孩子。“他的状况挺好。各项指标都正常。”

他说。

“但他还在睡。”男孩母亲说。

“是的。”医生说。

丈夫说：“她累了。她也饿了。”

“她应该休息。应该吃点东西。安。”医生说。

“谢谢。”丈夫说。

他和医生握握手，医生拍拍他们的肩膀，走了。

“我想我们有个人应该回家看看，”男人说，“狗要喂了。”

“打电话给邻居，”妻子说，“有人会喂的，如果你叫他们喂的话。”

她试着去想谁是合适人选。她闭上眼睛，试着想点什么，随便什么。过了一会儿，她说：“也许我该回去一下。也许如果我不在这儿守着，他就会醒过来。也许是因为我守在这儿他才不醒。”

“有可能。”丈夫说。

“我要回家洗个澡，换身干净衣服。”女人说。

“这才对。”男人说。

她拿起包。他帮她套上外衣。她走到门口，回头看看。她看看孩子，然后又看看孩子父亲。他朝她点头微笑。

她经过护士站，走到走廊尽头拐弯，看到一间小小的等候室。里面有一家人，都坐在柳条椅上，一个穿卡其布衬衫的男人，棒球帽朝后戴在头上，一个大块头的女人穿着家居服和拖鞋，还有个穿牛仔裤、头发编成许多古怪小辫的女孩，桌上乱七八糟地堆着轻薄的包装纸、泡沫塑料杯、咖啡棒、几小包盐和胡椒粉。

“尼尔森，”那个女人说，“是不是有尼尔森的消息？”

那个女人的眼睛瞪大了。

“现在就告诉我，夫人，”那个女人说，“是不是有尼尔森的消息？”

那个女人想从椅子上站起来。但那个男人用手抱住她的胳膊。

“别这样，别这样。”那个男人说。

“对不起，”男孩母亲说，“我在找电梯。我儿子在住院。我找不到电梯。”

“电梯从那边往下走。”那个男人说，他伸出一根手指指向右边。

“我儿子被车撞了，”男孩母亲说，“但他会好的。他休克了，但也可能是某种昏迷。那正是我们担心的，某种昏迷。我要走开一会儿。也许我会去洗个澡。我丈夫在陪他。他在守着。我不在事情也许会变好。我叫安·薇丝。”

那个男人在椅子里动了动身体。他摇摇头。

他说："我们的尼尔森。"

她把车开进车道。狗从房子后面奔出来。它在草坪上绕着圈子跑。她闭上眼睛，把头抵在方向盘上。她听着发动机的声音。

她下车走到门口。她开灯烧水泡茶。她打开一罐狗粮喂了狗。她端着茶坐到沙发上。

电话响了。

"喂！"她说，"喂喂！"

"薇丝太太。"一个男人的声音。

"是我，"她说，"我是薇丝太太。是不是有斯科特的消息？"

"斯科特，"那个声音说，"是有关于斯科特的消息。"那个声音接着说："是的，当然有斯科特的消息。"

保罗·索鲁

（一九四一年生于美国马萨诸塞州）

这个短篇是从保罗·索鲁二〇〇一年出版的长篇小说《火奴鲁鲁旅馆》（*Hotel Honolulu*）中摘选出的。《火奴鲁鲁旅馆》虽说是个长篇，不过也是由一个个短篇小说构成的，所以每一章都可作为独立作品来读。小说的主人公原是有名的游记作家，后来另有所思，便在火努鲁鲁安营扎寨，当了二流旅馆的经理。读者难免将其形象同索鲁本人重合起来（索鲁实际上在夏威夷度过了半生）。

索鲁本来是作为游记作家成名的。其初期游记中表现出来的那种无论对什么都能从中找出独特情趣的新颖视线让许多人为之倾心。而他作为小说家所写的主题，一言以蔽之，或许是“不断追求乐园而又不断遭到背弃之人的故事”。因其具有强悍的文字功力，所以无论什么都能写得举重若轻——这诚然是此人的长处，但其强悍的力度含有非他莫属的毒素，而他对毒素的控制是否得心应手便成为决定其作品价值的依据。但不管怎样，《火奴鲁鲁旅馆》被他打磨成了轻松好读、引人入胜的作品。

骰子游戏

保罗·索鲁

那个年轻人一边走出我们的迷失天堂吧，一边用肩膀挤开别人穿过旅馆大厅，看见我，用一种挑衅的语气说：“今天我可长见识了！”为了引起我注意，他声音说得很响。希望我的沉默和温和的笑容能让他平静下来。

“我能帮您吗？”我说，“我是经理。”

他三十出头，很帅——头发弹性十足——穿着件黑衬衫，更衬出他那焦躁的粉红色脸庞。他气喘吁吁，还有点慌乱，看上去就像刚从一场辱骂中脱身。男人被女人打了一耳光时就是那样。

“看见那家伙了吗？他疯了！”

他走了，我还没来得及告诉他，他指的那个人埃迪·阿尔法塔，是酒吧的常客，总是和他老婆雪莉一起来，他崇拜她。他是市区一位有名的会计师——虽然为人过于严肃，但很成功，在毕肖普街有间事务所。我最喜欢他的是他对赌博的热情。埃迪不是我认识的第一个赌博的会计师，不过赌桌上的冒险和账簿上的庄严使他显得既矛盾又自信。他下的赌注适中。他经常赢。他说他有一套体系。

埃迪正专注地环视着酒吧，连我都没看见。他老婆在哪儿？雪莉是个小巧的女人，几乎像个小精灵——短发，骨骼精致，小手小脚，非常爱干净，总是衣着整洁，而且苍白，特别是跟高大黝黑、炫耀着自己满身毛发的埃迪·阿尔法塔相比。埃迪也以雪莉——他的白人战利品——为荣，这点显而易见，而且他的举止有点轻微的神经兮兮的惧内，那是许多夏威夷异族婚姻中少数民族那方的一大特征。他很有自我意识，急切地想做对事，但又不清楚怎么做才算对，而且对别人在看着他们有一种不安的念头。别人也确实在看。

再一次巡视酒吧的时候，我看见埃迪手里拿着骰子罐，摇晃着，发出轻笑声。那只皮罐和那套骰子是巴蒂·哈莫斯卡从曼谷带来的，那里的人在酒吧里掷骰子来决定谁付下一轮的酒钱。我经常研究玩骰子那些人聚精会神的表情和露出的大牙，心想在游戏中，我们显得多么的极端好斗和逞强，多么的极端兽性。

但今晚我注意到的不是游戏而是埃迪的对手。在迷失天堂吧很少看见冲浪手。更高级别的冲浪手，特雷那一伙的，外出一个星期捕浪，有，但从没有像这位的，一年四季都玩水的本地浪荡子——光脚，宽肩，罗圈腿，一块刺青在腰部，另一块在两个肩胛骨中间，写着名字CODY，透过他的破烂衬衫刺青全都清晰可见。他的帽子反戴着，一头被太阳暴晒的长发，颜色和质地都像稻草，他的眼神黯淡而茫然，皮肤火烧过似的，满脸雀斑，大大小小的，更增添了他外表的鲁莽。他很年轻，大概顶多二十二三岁。而埃迪·阿尔法塔四十多了，所以这看上去很滑稽，两个人在争骰子罐：皮肤黝黑、衬衫扎在裤子里、胸口别着两支钢笔的会计师，和衣衫褴褛穿着短裤的小伙子——思塔斯牌帽子，奎克斯尔沃牌短裤，洛克莫辛牌衬衫。他的脚很脏，脚趾有淤血。

“水老鼠。”特雷会说。

两个男人沉溺在吧台上翻滚的骰子里，而我也在想这些游戏是多么的伤感，它们的规则和仪式，它们让我们荒唐地满怀希望，它们那可以预知的结果，它们那可怜的功效——也就是供我们消遣掉玩游戏的那段时间。所有玩游戏的人在我看来都像是无可救药的迷失者；游戏是那些无法承受孤独、不读书的人——总是男人——的娱乐。骰子游戏中有一种残酷的凄楚：窃笑，投掷，咔嗒声，点数决定一切。

或许这只是一种难以解释的无害娱乐？我干吗去考虑它、甚至注意它？这简直有点病态，所以我转而去关注更明显的事：头一次埃迪的老婆没和他一起在酒吧里。他的笑声更突出了这一点，他在催那个冲浪手，他熟练地移动着骰子罐，让骰子发出快速的碰撞声，他的嘴巴张得有点儿太大，他的笑声有点儿太尖，当他赢了，就碰碰冲浪手的胳膊。埃迪的皮肤黝黑，像被烤过，而那个男孩白里透红，像被烧过——我觉得有点意思。不过我很高兴他们在这儿欢声笑语，我喜欢把我的旅馆看成一个避难所。

回到前台，为了打探消息，我跟陈提到埃迪·阿尔法塔一个人在酒吧里。

"他老婆在楼上，"陈说，"我给他们开了 802 房间。他们几个小时前来的。住一晚。"

不同寻常，一对火奴鲁鲁夫妇在一家火奴鲁鲁旅馆住一晚。也许那意味着他们的房子被罩起来了，在烟熏消毒，但如果那样的话，他们应该会找个周末做那种工作，要不就去一个邻岛待几天。

"这些花是刚送来给阿尔法塔夫人的。"

一束花摆在桌面上。贺卡上写着，*生日快乐，亲爱的。献上我所有的爱，埃迪。*

一次浪漫的生日休假——这解释了一切。我在办公室浏览了这个月的入住记录，随后，为了找杯喝的，我看见埃迪一个人在酒吧，叼着瓶啤酒，看上去正在沉思。没有那个冲浪手的影子，我记起先前那个跑掉的男人说埃迪的话：他疯了。

但埃迪的样子很平静。也许比平时稍稍显得更安静；独自一人，但心满意足。是赌博让他思考吗？不管怎样，赌博游戏已经结束了。

他被那个水老鼠甩了吗？上一次我看见他的时候，他正在推那个年轻人，骰子在吧台上咔嗒作响，他嚷着要酒，一边拍着那个年轻人刺青的胳膊。我不想得出任何结论，但在我看来，这确实像一出戏谑的求偶战，一场粗野的交配之舞中，两个大男人在围栏里推来撞去，对着骰子谈笑风生。

“谁赢了？”我说，因为埃迪还在心不在焉地摇着骰子罐。

“我们要过夜。”他说，他的轻笑就像骰子的声音。

“我明白了。”我说。为了试探他，因为其实我已经知道了，我问：“一次庆祝？”

“雪莉的生日。”他掷了把骰子，对掷出的数字皱了皱眉，又飞快地把它们收到一起。“这次是个大生日。四十岁。去年我们去了拉斯维加斯。雪莉手气很好。她赢了五百美元。男人们都跑过来搞她，沾点手气。‘你要排队。’他们说。你真该瞧瞧。”

他停下来，看着我脸上半带微笑的专注表情。我在思索：搞她？沾点手气？他看出了我心里没说出口的问题。

“我就爱这样。”他说。

穿着袖珍鞋、娇小苍白的雪莉，被一帮体型庞大、充满希望的赌徒包围着，而埃迪在一旁得意洋洋，就像狗展上的赢家。

“那次之前的生日，我们花了一个周末学潜水。拿证书的那种。我很糟。我把它看成一次赌博。我差点吓得淹死。而雪莉学得如此之快，把那些学员都看呆了。他们全被她迷住了。你真该瞧瞧她的样子——她穿紧身潜水衣有多么性感。就像没穿。”

回忆让他很愉快，他碰碰自己的大腿，就像在找潜水衣，然后他再次把骰子收到一起。又一轮轻笑和投掷。

“她三十五岁那次我们真正爽了一把。我哥们和我带她去了迪斯尼乐园。她就像个小孩。”他笑起来，沉浸在回忆中，还满意地喘着气，“她把我哥们弄得筋疲力尽！”

摇晃着骰子罐，他又玩起来。

“她现在在哪儿？”

“我给她找了个冲浪手。他们在楼上。”他看上去很开心。他还在摇骰子。

“谁赢了？”

“你说呢？”

那个穿破衬衫的年轻人走进房间，他淤血的脚趾头压在地毯上，灯光很暗，雪莉穿着过生日的高级内衣，比一个高个的孩子大不了多少，但对此心领神会，整个过程几乎都是默默进行的——这就是我想象的画面。他们两个在床上翻滚时，埃迪就待在楼下。而在这一切的尾声，会突然涌上一阵忧虑，因为没人知道这一切结束时会发生什么。这就是游戏的悲哀。

“我不知道。”我说。

埃迪只是笑。他已经忘了那个问题。

我派科奥拉和科维卡上去在靠近阿尔法塔房间的那个走廊监视，以防有什么麻烦。后来，他们告诉我是怎么看见那个冲浪手离开的，“看上去白费力气，”还听到雪莉严厉地说，“别亲我。”再后来，我看见雪莉和埃迪非常恩爱地坐在休息室里，埃迪还在掷骰子。也许他是唯一得偿所愿的人。

克莱尔·吉根

（一九六八年生于爱尔兰威克洛郡）

在为这本生日故事集所选的作家当中，克莱尔·吉根属于最年轻的一代。她出身于爱尔兰农户人家，十七岁时赴美，在新奥尔良的一所大学学了六年英国文学和政治学。开始写作是一九九四年的事，一九九九年出版了收有这部作品的短篇集《南极》（*Antarctica*）。现正从事第二本短篇集和长篇小说的创作。

语词简约，句子简约——如此编织出简约（温馨而又深邃）的场景。那是多愁善感的十九岁青年眼中的世界形态，主人公甚至连名字都没有。“他”不想直接诉说自己的情思。换句话说，“他”让场景来诉说自己的情思。“他”从那个世界中出现在我们面前，又被那个世界吸纳了进去。

在水边

克莱尔·吉根

这晚，在外面的阳台上，他的深褐色皮肤把礼服衬衫的白映得触目惊心。自从他离开马萨诸塞的哈佛，已经很多天过去了。他是到他母亲海边的空中别墅来度假的。他并不喜欢这些房间，墙上挂着邪恶的剑鱼标本，还有那些到处都是的镜子，让他哪怕是做最简单的动作都无法不看见自己的身影。

白天他待在海滩上，在遮阳篷下看着那些游泳的人，看着一长串小腹平得像搓衣板的年轻男人走过海岸。女人们在折叠躺椅上翻身，把自己身体的各面晒得更均匀。她们带着夏日读物和阔边草帽，手伸进便携冰箱找啤酒和防晒霜。下午，当热气变得难以忍受时，他会游到沙洲上，那儿离岸至少有半英里。他现在就可以看到那个沙洲，一波怒浪砸碎在浅滩上。正在涨潮，潮水抹去了白色的、被踩得很实的沙滩。一只棕色的塘鹅，一个过去的小小遗迹，飘荡在得克萨斯的风中。慢跑者跑得离水边很近，他们的影子就像紧紧贴在他身边的守卫。

屋里，他母亲和继父正在吵架——他是拥有这些公寓楼的百万富翁。父母离婚后，他母亲说人们对自己会爱上谁完全无能为力，接着很快就嫁给了这个百万富翁。现在他可以听见他们说话，他们激烈的低语声在争吵的斜坡上滚动加速。还是老一套。

“我警告你，理查，别提那件事！”

“谁提了？谁？”

“今天是他生日，看在上帝分上！”

“谁说什么了？”

这个年轻人往下看。在热水池，一位母亲试探着走进热气腾腾的水里。孩子们奔跑的尖叫声刺破空气。他又感觉到每次家庭聚会时都有的那种惶恐，他奇怪自己为什么要回来，他本可以待在哈佛，穿着T恤短裤，喝着澳大利亚啤酒，在电脑上下国际象棋。他从口袋里拿出一对袖扣，那是外祖母去世前不久给他的礼物。一对镀金的袖扣，上面的金色已经慢慢剥落，露出了底下的钢。

他外祖母刚结婚时，求丈夫带她去海边。他们是乡下人，田纳西来的养猪户。他外祖母说她还没看过一眼大西洋。她说如果看过了海，她就能安心了。她也说不清这是为什么。但每次她问丈夫，得到的回答都是一样。

“谁来喂猪？”

“我们可以请邻居……”

“你不能信任何人。这是我们的身家性命。”

很多个月过去了；她怀上了孩子，变得臃肿不堪，最终不再说要去看海。然后一个礼拜天她丈夫把她摇醒。

“收拾一下，玛茜，”他说，“我们去海边。”

他们坐进汽车时天还没亮。他们开着车，一路穿过田纳西的丘陵开往佛罗里达。风景从绿色起伏的农田，变成有着高高棕榈树和蒲苇草的旱地。他们到达海边时太阳正在落山。走下车时，她觉得喘不过气来，大西洋一眼看不到尽头。在夕阳下它看上去是绿色的。它跟她想的不一样。对她来说它就像一个孤零零的不毛之地，带着海草的臭味，海鸥在争夺沙滩上的残食。

然后她丈夫掏出他的怀表。

“一小时，玛茜。我给你一小时，”他说，“如果你到时候不回来，就自己想办法回去。”

她光脚在泛着泡沫的海边走了半小时，然后转身沿着悬崖边的小路返回，从一些树的树影下，她看见了她丈夫，在约定时间过了五分钟后，他甩上车门点火发动。就在他要加速的时候，她跳上马路拦住了汽车。

然后她爬进汽车，和一个差点要扔下她回家的男人度过了下半生。

他的十九岁生日晚宴定在莱奥纳多，一家俯瞰海湾的昂贵的海鲜餐厅。他母亲穿一套系着莱茵水晶石腰带的白色裤装，走到他站的阳台上。

“我为你骄傲，亲爱的。”

“妈。”他说，抱了抱她。她是个脾气暴躁的小个子女人。她凝望着水面。

“能帮我整一下领结吗？”他问，“我总是弄不好。”

她把绸带打成一个太紧的结。

“看，”她说，“你会成为舞会之花的。有几个当妈的能说‘我儿子要上哈佛了’？我是个田纳西养猪户的女儿，而我儿子要上哈佛了。情绪不好时，我总会想到这个，然后就开心得不行。”

“妈！”

“你把你的事做好，有一天这些全都是你的，”她说，“他没有孩子。你奇怪我为什么要嫁给他，但我一直在为你着想。”

这时百万富翁走出来，叼着支点燃的雪茄，对着夜色喷出满口的烟雾。他是个长相普通的男人，有一口钱能买到的最白的牙。

“你们好了吗？我饿得能吃下一个小孩。”他说。

餐厅老板向百万富翁致意，并把他们护送到桌边。一木盘的蟹钳上来了。百万富翁直接用手吃，他朝侍者打了个响指，侍者砰的一声打开瓶塞。他总是喝香槟。

“你们听说过克林顿那家伙吗？他说如果他当选总统，他就会让同性恋参军，”他说，“对此你怎么想，哈佛？”

“理查。”他母亲说。

“没关系，妈。这个，我不认为……”

“接下来是什么？女同性恋做游泳队教练，竞选参议员？”

“理查！”

“这算什么国防？一群同性恋！我们可不是靠这个打赢两次世界大战的。真不知道这个国家要变成什么样。”

辣根和小茴香的气味从厨房里溢出来。一只龙虾在水族箱里挣脱了，但侍者把一只网兜伸进水里套住了它。

“不谈政治，”他母亲说，“今晚是我儿子的。他上学期得了3.75的平均分。对此你又怎么想，理查？”

“3.75？不差。”

“不差？啊，我得说很不差！他是哈佛他们班最高的！”

“妈。”

“不，这次我一定要说！他是班上最好的，今天他十九岁！一个成人了，几乎。让我们干一杯。”

“现在，我有个主意。”百万富翁说，他把细长的香槟杯重新斟满。“为了整个佛罗里达最聪明的年轻人，”他说（他们微笑着，突然放松下来，有了一线希望：这次晚餐不会像往常那样），“和不让同性恋参军！”

他母亲的笑容顿时消失。“该死，理查！”

“怎么了？只是个小玩笑。这儿有人连玩笑也开不起吗？”

侍者托着钢制托盘来上主菜。女士的比目鱼，年轻男人的鲑鱼，百万富翁的龙虾。百万富翁还要香槟。

“哈佛那儿肯定有些漂亮女人，”他说，“一些真正的尤物。”

“他们录取我们是根据智力，不是外貌。”

“那又怎么样。最棒，最聪明。怎么不见你带个女孩回来？”百万富翁给脖子围上一块餐巾，拿起蟹螯，扳开一只钳子，挑出里面的肉。“她们肯定都像苍蝇一样围着你，”他说，“一个像你这样的年轻人。为什么没带个女孩回来呢？我在你这个年纪每个周末都有不同的女人。”

“这些腌橄榄！”他母亲说，“尝尝这些腌橄榄！”

他们在沉默中吃完了剩下的晚餐，因为百万富翁喜欢聚精会神地吃东西。随后，餐厅领班过来对百万富翁耳语了几句。他们桌子周围的灯光灭了，一个神经兮兮的墨西哥侍者唱着“生日快乐”，从厨房里推出一只点燃蜡烛的蛋糕。一只粉红色蛋糕，他从未见过这么粉红的蛋糕，就像双胞胎女孩的洗礼仪式上的蛋糕。百万富翁在咧着嘴笑。

“许个愿，亲爱的！”他母亲说。

年轻人闭上眼睛许了个愿，然后用力吹口气，熄灭了蜡烛。百万富翁拿起刀把蛋糕切成大小不一的几块，像幅扇形统计图。年轻人把一块蛋糕塞进嘴里，一边舔着糖霜。百万富翁抓住他母亲的手，攥着她戴珠宝的手指。

“生日快乐，儿子。”他母亲说，她亲亲他的嘴。他尝到了口红的味道。他站了起来，听见自己说谢谢他们给他过了个愉快的生日。他听见母亲叫他的名字，而侍者在门口说“先生晚安”。此刻他正在横穿马路，在飞速的车流里寻找空隙。有一些大学生在人行道上喝啤酒，看那些跳蹦极的人把自己抛到空中，高声尖叫。

下到空荡荡的沙滩，潮汐已经夺回了海岸。夜风中海水狂暴。他松开喉咙口的领结，一路走着，失去了时间概念。在上方的码头，带绳索风帆的游艇颤抖着立在水面。他想起去看海的外祖母。她说如果人生能重来一次，她绝不会再爬进那辆汽车。她宁愿留在那里变成站街女也不愿回家。她给他生了九个孩子。当她外孙问是什么让她回去的时候，她的回答是：“那就是我生活的时代。那是我的信念。我以为我没有选择。”

他的外祖母，父母离异时他就和她住在一起，那个抱他抱得很紧，紧得把他弄出淤青的女人，现在已经死了。他没有一天不感受到她的离去。她死了，而他十九岁，在这个地球上活着，占据着一块空间，在哈佛拿到全A，在月光下的海滩散步，没有任何的时间限制。他现在就知道，他永远不会结婚。海水看上去就像液态的蜡。他踢掉鞋子，光着脚，走进咸咸的海水。标示出沙洲的白浪在黑暗中清晰可见。闻到自己衣服上的烟味，他感到很脏。他脱光了，把袖扣放进安全的裤袋，让衣服留在岸边。他蹚进镶着白边的大浪，水凉得惊人。他游起泳，觉得又干净了。也许他可以明天就走，给航空公司打个电话，改一下航班，飞回哈佛。

当他游到沙洲前的白浪那儿，他感到一阵欣慰。水很深，夜晚的浪现在更加愤怒。他可以在游回岸上之前在沙洲歇歇。他放低脚去碰沙子。浪打到他头上，把他往后甩进深水里。他找不到坚固的地面。他的心在狂跳，他呛了几口水，为找最浅的地方却跑得更远。他根本不想喝那么多香槟。他根本不想下海游泳。他只想把这个夜晚从身上洗掉。他挣扎了很长时间，他在水下潜泳，相信这样会更容易，只需偶尔上去透个气。他看见岸上亮着灯火的公寓楼。毫无来由地，他想起了外祖母，想起她一路来到海边，却只能待一个小时，她没有下水，虽然她在河里是个游泳健将。当他问她为什么不游，她说她不知道水有多深。不知道哪里开始深，哪里开始不深。年轻人浮上海面，然后慢慢地往回朝岸边亮着灯火的公寓楼游去。这是很长一段路，但那套空中别墅的灯光在天空下非常清晰。终于游到浅水的时候，他肚子贴着地面爬了上去，瘫倒在沙滩上。他喘着粗气，四处寻找他的衣服，但潮汐已经把它们卷走了。他想象第一个爬出大海的物种，想象它在陆地上存活所要付出的勇气。他想到那个剑桥的年轻人。他继父叫他哈佛，就好像哈佛是他的名字。他母亲的钻石像假星星一样闪烁。而他许愿，能有一个普通的人生。

刘易斯·罗宾逊

（一九七二年生于美国马萨诸塞州）

刘易斯·罗宾逊刚刚年过三十[①]，是在缅因州长大并仍住在那里的年轻作家。这个小说收于他二〇〇三年出版的短篇集《友好的警察》(*Officer Friendly*)。罗宾逊学完艾奥瓦大学创作课程毕业后，除了给作家约翰·欧文当助手，还在纽约当过运货车的司机，并且当过抓海胆的潜水员（夏季）和卡车司机（冬季）。

罗宾逊写的小说大多以缅因州为舞台。里面的出场人物脑袋多少都有点儿问题。因此，让人读起来难免觉得住在缅因州的人全都脑袋不太正常（当然不至于）。这本短篇集还有一个题为《干杯》的故事，同样以生日为主题，同样让人乐不可支。感兴趣的人不妨一读。

① 这本小说集的日文版出版于2002年，英文版出版于2004年。《搭车》这一篇和克莱尔·吉根的《在水边》是在日文版出版之后才收入的。——编者注

搭车

刘易斯·罗宾逊

在家里他自己的房间，奥尔登留着一张他爸爸穿猎装的照片：一身黄褐色条纹的迷彩服，膝部染着斑斑血迹。他站在野外一片空地上，靠着一辆废弃的老爷车，那种四十年代高轮轴架的黑色大轿车。他拎着四只山鹬靠在车上休息，一手两只。灰色的天空低垂，地上的草被压平了缠在一起。他的猎枪，枪管开着，放在车的引擎盖上。他面色发红，络腮胡子又长又密。

此刻他们正在阿迪朗达克山，他爸爸开着他那辆四十英尺的集装箱货车，朝纽约州的普拉茨堡市进发。他看看手表，准时在午夜子时拉响汽笛，狠拉到底，直到气压警报器启动。奥尔登双手捂住耳朵。他想象跟着那声音越过丛林，惊醒动物，从峭壁上反弹回来，最终落在远方的某处——也许是座冰冻的池塘，或者一片雪地。

“送给你，”他爸爸说，“生日快乐。”

当他们加速驶过弯道，奥尔登能感觉到挂在后面空荡荡的卡车拖斗——一个洁净无瑕的封闭空间，被他父亲称为“小教堂”。他们运送的全部货物就是一只松木箱，手提箱大小，用带子绑在后墙。他父亲的声音，烟草、汗、炸薯条和咖啡的味道——所有这些都带来一种直接的、轻微的虚幻感。他已经很久没跟父亲在一起了——他父母八年前离异了。

“奥蒂，”他爸爸点了支云丝顿香烟，叼在嘴里深吸一口，“十六岁——那可是个大生日。辅助轮该拿掉了。”

当父亲叫他和自己出门跑一趟，他本来可以礼貌而抱歉地说不，正如以前很多次那样，但奥尔登开始渐渐发觉跟父亲待在一起的好处。他们互不了解已经到了如此地步，让每次相聚都感觉充满冒险。他们一年大概吃两次饭，在父亲有工作要跑 I-95 公路[①]的时候。他爸会提前一天打电话，然后他们会在“索姆斯维尔小姐餐馆”碰面，父亲讲故事，奥尔登则点上一份牛排，在适当的

① I-95 是 95 号州际公路的简称，它是美国东海岸最重要的高速公路。

时机笑笑，装得像个男人。母亲会开车把他送到餐馆，并总在最后一刻才决定奥尔登可以在那儿待多久——有时两个钟头，有时只有四十五分钟。时间到了，她会在停车场边缘的车里等着，旁边是自动售报机。他上次见父亲已经是九个月前，而这次，父亲建议他们在纽约碰头，去北部干点活，然后一起过生日。奥尔登立刻就答应了。

父亲的集装箱货车就停在纽约中央车站外面，接到他之后，他们开上麦迪逊大街，经过一幢幢闪亮的花岗岩建筑，一间间金色镜面的店铺，直到在八十三街转向中央公园，滑下一个斜坡，来到大都会博物馆的卸货口。在那儿，身穿白色工作服和戴棉手套的男人们在放低的闸门前俯下身。四面八方都有电话在响。两个腰上别着枪的保安弓身走过来，把一个小松木箱推进货车。博物馆在箱子的每一面都贴上了两英寸红色字母的“EXCLUSIVE”，意思指这是点对点运输，其间不能转运。在这些字母下面，写着“威廉·拉姆齐。纽约州普拉茨堡市”。

“也许是《蒙娜丽莎》。”他父亲说，使了个眼色。

当雪花开始在挡风玻璃上飞旋，他们离普拉茨堡还有一小时车程。仪表盘上的虹光——红、绿、橙的荧光——映亮了他父亲的脸，拖车的供热系统在他们顶上轰隆作响。奥尔登感到满怀希望，因为车里很温暖，路面平滑，在前灯的照射下视线良好，他期盼着停下来吃那些垃圾食品——所有那些卡车休息站的套餐都让他振奋，即使他并不饿。另外，他的屁股还没坐痛。而且今天是他生日。

唯一的隐忧是他无法放松地与父亲聊天——在餐馆会更容易。父亲会通过跟女侍者调情来制造气氛，虽然手法总是老一套。他会在她给他们点单的时候叫她坐在旁边的凳子上，如果她很年轻，他就会问她在哪儿上的高中，如果她提到老师们的名字，他就会假装认识他们。如果她年纪大一点，他就会打听她的孩子，甚至丈夫。“你可以放轻松，”他会说，“我们不会让你太累。”

在卡车里，没什么可分心，奥尔登被迫要找点话题。他问：“你记得自己的十六岁吗？”

“当然，”他父亲微笑着说，“事实上，那时我已经成人了。我自力更生，没太多顾虑。我靠洗盘子付租金。”他父亲有一种像这样说话的爱好，仿佛他正在电视脱口秀上回答提问。

“你在哪儿洗盘子？”

“你知道。就是那些地方。”

然后又静下来。奥尔登瞄了一眼父亲，看到他泛灰的红发和眯眼处的皱纹。

奥尔登很难相信这天的早些时候他们还在城市——那感觉就

像已经有好几个礼拜。奥尔登盯着高速公路上的白线在卡车前灯的强光里纹丝不动。

“你应该看看我上礼拜拉了多少博特罗的雕塑，奥蒂，”他爸说，“事实上，一座博特罗就像一辆别克，好家伙，我一下拉了十四座。都是些巨大闪亮的黑色雕塑。全都很肥。他做的鸟也很肥，他还做了肥女人、肥猫、肥国王和肥王后。如果他雕只狗，那会庞大无比，像头大象。简单的手法。我嫉妒这小子。我是说，上帝保佑他，人们喜欢他的作品。我想那是因为这些巨大肥硕的东西非常好认——那意味着即使傻瓜蛋也会说：‘哦瞧！那是博特罗。’也许我该当艺术家。那些雕塑能赚一大笔。”他点了支烟。

“我以为你想做个杀手。”奥尔登说。在旅程中迄今为止，他父亲已经说过要做个精明的律师，一个有魄力的快餐厅经理，以及一名了不起的宇航员。

“那会很棒，真的。没人会料到，”他笑着说，“你妈可能会，只有她。她知道我能干什么。”而母亲告诉奥尔登的是她爱他，但他太不切实际，太顽固，很难一起生活。奥尔登知道，无论何时提到他，她都在极力控制自己。他记得他八岁时，父亲决定养骆驼致富，有一阵子他养了十七头，圈在埃里森波特一个租来的小牧场里。他会在餐桌上对奥尔登和母亲滔滔不绝地宣扬骆驼这一物种的优点。它们聪明而独立，他说，它们有一种奇特的私人空间感。他母亲很讨厌这类话，奥尔登记得，后来，有七头骆驼死于一种罕见的血液病，父亲卖掉一条她的项链又买了五头，就是这样。两个月后他走了。骆驼插曲是母亲不想让奥尔登跟父亲多待的主要原因；她不想让奥尔登染上他的习性。

说也没说，他父亲就下高速开上一条小路。当他们转进一座山谷，旁边有条与路平行的小溪，能明显感觉到卡车多么轻，多么空。下坡时刹车没踩，柴油机一阵颤抖，把他们震到座位另一边。转弯时拖斗倾斜。

这些下坡和弯道，让奥尔登知道他们在山中，但他看不见山峰——它们被森林挡住了，还有雪，现在雪下得更大了。奥尔登记得在哪里读到过，阿迪朗达克山是条很古老的山脉，比落基山脉还早，一堆堆巨大的花岗岩，任凭狂风肆虐。这让他有种空虚、麻木的感觉，这些古老的岩石，就像那次他看一个关于金字塔的深夜节目，他忍不住老是要去想那些已经死了几千年的埃及人。为了将这些念头驱出脑海，他努力想象下一个休息站——店里一排排的棉格子衬衫，做成女人身体剪影的挡泥板，摩托车磁贴，用来缝在衣服上的“公路勇士”标志。一家牛肉干自助餐厅。

“你在路上跟人说话吗？”奥尔登问。

“什么意思？”

“如果你在卡车休息站，或者一家餐厅，或者——我不知道，随便在哪儿——你会不会跟人闲聊，然后认识？”奥尔登问。他对此很怀疑——因为他从未听他说起过自己的朋友，他只见他跟女侍者说过话。

“有时我会跟人聊聊。不过，大部分时候，那只会让人扫兴。想想就知道，那种地方没多少人值得认识。”

他们经过一个标牌，上面写着“伊丽莎白镇汽车旅馆和餐厅：宾至如归！”在卡车前灯的光晕里，奥尔登看见一些拖车式活动房屋，一些黑色的长方形，不规则地散布在高速公路旁边。他父亲调低速挡，卡车开始慢下来。前面有个带加油泵的酒类零售店，但灯是灭的。

“我想它关门了。”奥尔登说。

“对。”他爸说。奥尔登能感觉到卡车在雪中打滑，他父亲松开刹车。他把车停在黑掉的柴油泵边上。店铺前面有个走廊，里面有个电话亭。

“我猜你已经够大了，对这种事应该很清楚，”他父亲说，“你愿意干吗？”

“当然。”奥尔登说。

“那是因为你根本不知道我在说什么。”他说，他呼了口气，一只手抚过头发。

“什么？”

"好吧，看在上帝分上，给我点时间。"

"好。"奥尔登说。

"事情是这样。我们要在这里等一个我认识的家伙。他会帮我们。帮我们把运的这幅画带去加拿大。"

"不去普拉茨堡？"

"不。本来是要去那儿。但这就是老人家的厉害之处，"他关掉引擎，"我们要做的是装成好像我们被打劫了。"他看了眼手表，"威廉森现在应该已经到了。"

"怎么来？"

父亲看上去有点火。"他从蒙特利尔开车来。"

"我是说我们要怎么来装成好像被打劫了？"

"我们其实不用做什么。我们只要告诉他们有人疯了，拿枪对着我的头。"

奥尔登给弄糊涂了。"为什么你先要停在这家店？"

"我们要在这儿跟威廉森碰面。"

"我知道。但为什么……你知道……在你要告诉警察的故事里？"

"这无关紧要。也许我会告诉他们我以为店没关门。"

"而劫匪刚好就在这儿？"

"该死，这根本无所谓。我不该什么都知道，对吗？如果有套精心编造的理论，警察就会察觉，对吗？也许劫匪在跟踪我。也许他们从纽约一路都跟着我。”

“噢。”奥尔登说。

“别担心。这笔钱归你。这并不是完全为了我，你知道。过去八年你妈寄来的每张账单我都付了，没问题。但现在我想挣上一笔，好让我们花一阵子，知道吗？”

他父亲打开收音机。

“你以前干过这个吗？”奥尔登问。

“你觉得那重要吗？”他说。

“不，不重要。我只是好奇。”

“好吧，那很重要。因为没，我以前没干过，也许正因此才会成。”

奥尔登打开车门走出去。他抬头望着天空，闭上眼睛，感觉大片的雪花落到脸上、睫毛上。发生的一切感觉都不真实。好像并不危险，也不兴奋。感觉这已经像个他正在告诉母亲的故事。眼睛闭着，他希望只看见黑暗，却看见闪烁的光。当他重新睁开眼睛，还是同样宁静的画面，在雪中几乎显得美丽：死寂的店铺，从卡车里传来微弱的乡村音乐。

接着公用电话突然响了，简直像个奇迹。他朝父亲看去，他正一动不动地坐在卡车里，听着音乐。电话铃又响了两下，奥尔登走向卡车，打开他父亲那边的车门说：“电话亭的电话在响。”

“你为什么不接？”他父亲说。

“我想你去接。”奥尔登说。

“老天。”说着，他父亲从座位上跳进雪里，然后奔向电话亭。他只说了几句，然后便砰地摔掉电话。他慢跑着回到车上。

“好了，”他说，“他在拉佩里抛锚了。我们得自己把东西送到加拿大。”

奥尔登从没出过国门，虽然对父亲的计划没什么信心，但他很乐意进入另一个国家的领土。二十分钟后，他们到了边境，开过一排高高的、亮成一片的荧光灯。他们开到一个高出路面很多、跟卡车驾驶室齐平的亭子间。低矮的灌木丛和侏儒小树覆盖着他们周围的土地，灯光让一切都显得锐利。

“奥蒂，”他父亲叹了口气，“这就是我们所说的‘D加’模式——真正的候补队水平。”他母亲说他有时就会这样，因为他总觉得知道事情该怎么做才做——他当过水兵。哪怕是在车管所排队，或者去市政厅拿燃烧许可证，他也是一个样。

“你好，你们好，”亭子间里的女人头也不抬地说，“美国公民，你们俩？”她准确清晰的英语带着一丝口音。

“这是我儿子。今天十六岁。对，不错，我们都是美国人。是的，夫人。”他父亲把卡车证件递给她。

“你们运什么去加拿大？”她问。

他父亲瞥了一眼奥尔登，然后转回去对着那个女人。“军事任务，”他说，“路易斯安那爵士乐，芬威球场①，雪佛兰卡车。”随后，戏剧性地停顿一下。“大峡谷，”他笑起来，“当然，只是开玩笑，夫人。”

奥尔登以前听过这种话，还有其他类似的。那女人穿着棕黄色的制服，看上去跟他妈一般年纪；她有双漂亮的眉毛，褐色短发。“你说什么？”

“我们是空车，夫人，”他父亲说，“我们要去蒙特利尔拿些海鲜。”

“先生，你拖车的温控系统是开着的。”她说。她的声音很从容，带着镇定的自信——当你身后有一整个国家的权威时才会有的那种。

“是吗，夫人？”他父亲问。

“而且开得很足。”

“我最好把它关掉。后面没东西想要保温。”

“左边，那儿，是进口检查站，”她指着那个方向说，“倒进三

---

① 位于波士顿的棒球体育场，是美国职业棒球大联盟波士顿红袜队的主场，建于1912年，是大联盟中最古老的赛场。

号卸货口，打开拖车。检查员马上过来。”

奥尔登的父亲松开气闸，缓缓驶离窗口。“我还要带样东西去加拿大，”他说，“那就是该死的幽默感。”

他们开进检查站，打开拖车门，然后慢慢倒进一个卸货口。奥尔登在冰冷的外面打手势指挥。一只手摆动代表继续开，笔直倒；接着他两只手拉开，向父亲展示还有多远保险杠会碰到卸货台。集装箱货车的冷藏机组有自己的柴油发动机，由主油箱供油，它像匹嘶吼的烈马，把热气从拖车喷进卸货口。

他父亲拉起气闸，响亮地喀嚓一下，然后嘘的一声。现在雪变成了纤细的雪雾，一片飞洒的糖霜。这种寒冷天气的雪会持续好多天。拖车和检查口的连接处向奥尔登喷出热气，于是他站近一点。在上方的驾驶室旁，从长而垂直的后视镜里，他看见父亲的肩膀。他慢跑回去，爬上副驾驶的位置。

“奥蒂，我需要你替我望风。去后面的水泥板那边等着。我要把箱子从小教堂拿出来。”

“那像是个坏主意。”奥尔登说。

“你知道什么？他们不会看见的。奥蒂。别担心。”

“爸，我说我们现在就掉头回去。趁事情还没变糟。”

“快去，”他父亲恳求地说，“这狗屁事与你无关。”

检查站边上的停车场是奥尔登见过灯光最明亮的地方。每十五英尺就有根灯柱——很高，像灯塔一样亮。空气中现在充满了雪花，翻腾着，灯柱顶上的天空黑压压的。灯泡旁的雪花闪烁着落下，而在光线洒向地面的高度，则看不太见雪，但其实雪已经积了三四英寸。他跳下卡车。

雪刺痛了他的胳膊，但落到头发上感觉很好，驾驶室的暖气让头发有点烫。他走回卡车尾部，重新站在温暖的气流旁。邻近的检查口也有一辆卡车，两个男人坐在分隔的混凝土板上。他们讲着一口歌唱式的法语，声调抑扬顿挫。他们不说“对”，而是说“对啊”。他们笑得很响，摇来晃去，偶尔还拍手鼓掌。其中一个戴着黑色毛线帽，帽子紧包着脑袋，另一个皮肤上有麻子，灰色的刺状短发。他们在戴着手套抽烟。

“你好。”奥尔登对他们说。

“你好。”刺状灰发的男人说，他的同伴点点头，没说话。

“好地方。”奥尔登说。

“对啊。”他们一起说，又笑起来，并点点头。那个刺状灰发的家伙说：“移民局先生来了还要好，他会把枪抵在你肚子上，把你的肾炸飞。”

这让他们俩又同时大笑起来。奥尔登的胳膊已经不再刺痛，而是麻木。留着刺状灰发的从烟盒里抽出一支新的烟，递向奥尔登的方向。

“谢谢。”奥尔登说，伸出感觉已经不是自己的粉红胳膊。随后那个男人起身走向驾驶室，回来手上拿着件格子羊毛衬衫和一双手套。

“你从佛罗里达来吗，硬汉？”他把衣服递给奥尔登时说。戴帽子的那个用法语对刺发的说了些什么——似乎他不太乐意把衣服借给奥尔登。但他们没再说什么，于是奥尔登一边嘴里叼着香烟，一边穿上衬衫戴上手套——手套有股空气清新剂的气味，某种花香。

“缅因州。我只是在搭这家伙的车，”他说，指向他父亲的卡车，“我上路有阵子了。”

“他会停下来让你尿尿吗？”刺发的男人问，“因为雷吉，他不停下来让我尿尿。”奥尔登看看雷吉，后者微笑着，胳膊交叉抱在胸前。

“他会停。”奥尔登说。

“哦，先生，你小子真走运。”刺发的男人说。

奥尔登以前没怎么抽过烟，这支烟点着后气味又臭又冲。他尽量不吸入太多，直到他适应了嘴里的烟味。他准备好，然后深吸一口，含住，再张开嘴让浓烟从牙齿间溢出。他的眼睛湿了，视线变了，差点跌倒，但又发觉自己其实没动。飘进卸货口的雪很轻柔，无声地落在头上、胡须上。奥尔登回头去看那些灯柱，一如既往地闪闪发亮，他把烟头扔进雪地，它马上灭了。他又在后视镜里看见父亲的肩膀。他父亲打开车门，招手让奥尔登回去。

“上帝。他们也许看见我了。”他父亲说。他的脸红了，因为车里的热气，以及兴奋。“我看到摄像头在那儿，我避开它走。但接着有人出来了……”他停下，皱皱鼻子。“奥蒂，你抽烟了？”他问。

“没。是后边那些家伙，他们借了我这件衬衫。”他说，还在为尼古丁而兴奋。

“奥蒂，我们需要控制局势，”他父亲气喘吁吁地说，“那就是我们要做的。你和我，奥蒂。我们是那种掌控型的。你十六岁了，小家伙——正该向世界展示一下，你是个什么料子。”奥尔登感觉到了座位后面的松木箱，放在那儿，藏着。

移民官在卡车后面。奥尔登听到了他的靴子。他父亲拿出一支云丝顿点燃。一分钟后，移民官出现在窗边。

“熄灭香烟。”他说。他拿着只一英尺长的手电照进奥尔登的眼睛。“你们去加拿大干什么？”他问。

“去看看。”奥尔登的父亲说。

“先生，我来跟你说说我的工作。”那个移民官说。他小胡子修得很整齐，薄嘴唇。“我又冷又累。我十二小时的班就快上完了。你还没进加拿大。在我这儿，你要直接回答问题。”

“我正想告诉你……”

“我说清了吗？”

“我们要去加拿大带件艺术品。”

“我说清了吗？”

“当然，”他父亲说，“说清了。”

“下一班会来做车厢检查。麦凯纳警官马上就到。”

他父亲叹了口气。“老天，你们不会拿刀划我的座位吧，会不会？我以前就被那样搞过。”

“待在车里。”那个移民官说，然后转身走了。

“祝你今晚玩得开心。”对方已经离开，他父亲才说。

他跳出驾驶室，奥尔登跟在后面。他们走进检查站大厅，里面只有自动贩卖机的光和一个发亮的红色出口标志。奥尔登察看了一台嗡嗡响的糖果售卖机：每一排都放满了同样的太妃糖。父亲走向投币电话，奥尔登走向洗手间。

便池旁的地面被靴子和尿液弄得泥泞不堪。卫生间没有暖气；他的呼吸变成白雾，洗脸池的水龙头冰冷。奥尔登看着镜中自己的脸。他皮肤苍白，但突出的鼻子呈粉红色。十六岁，他对自己说。抽烟，讲法语，一个笨罪犯的儿子。

奥尔登走出卫生间，从窗口他看见另外那辆卡车正在驶离检查站，转弯时，它拖车的后轮滑过被雪覆盖的柏油路，稍稍有点摆尾。随后拖车就直了。

奥尔登从父亲身边走过，来到门外，他慢跑着穿过停车场，跑向那辆移动的卡车。在雪中，它无声无息。奥尔登看见它的刹车灯在闪——明亮的，充满希望的红点——然后他的脚在身下滑了出去，他重重地落到柏油路上，先是他的双肘，然后右边肋骨，然后右膝。他提醒自己，如果地上没雪，他会摔得更痛——但话又说回来，如果地是干的他也不会滑倒。那辆卡车挂着空挡，在等他。他跑向副驾驶座，坐在那儿的刺状头发男人已经摇下车窗。

“刚才的特技动作很棒，”男人笑着说，“非常好。”

“我东西还没还你们。”奥尔登说。

“是吗？”他说，“不要紧，那些东西是雷吉的。”他朝他搭档的方向戳戳大拇指。

奥尔登听到雷吉那边传来一串法语，他看不见雷吉。

“哦，多仁慈的家伙，”男人笑着说，“雷吉说你不用还了。那些东西是他在伊贝维尔一个休息站的垃圾堆里找到的。”

“你们还有地方坐吗？”奥尔登问，“没有就算了，我可以等，不过我坐的那辆车延误了，我想继续赶路。”

“没问题，我们可以带你，”他说，“你坐拖车里，行吗？那儿正合适。里面很黑，不过我们还有一小时就到蒙特利尔了。里面很舒服，空间大。”

“听上去不错。”奥尔登说。

男人打开车门，转过双腿，跳下驾驶室，轻轻地落到雪地上。他和奥尔登一起走到卡车后面，打开挂锁和其中一扇铰链门。“我给你几秒钟安顿好，然后就锁门，”他说，“变黑之前好好看看周围。”

拖车的门后有三盏高高的灯绑在厢壁上，一只老式落地大座钟，一个书架，四只床垫侧放着堆在一起。里面的其他东西太远了看不清。奥尔登一只脚放到保险杠上，正准备爬上去，听见停车场对面传来一声响亮的口哨。他向检查口望去，看见父亲正朝他挥手。他盯着父亲，那只手臂开始更加急切地挥动。

“哦，”奥尔登说，“看上去他好像要走了。也许我还是该跟他走。”

“好吧。”男人说着砰地关上车门。

“不好意思。”奥尔登说。

男人咔嗒一声合上挂锁。“嗨，他停下让你尿尿，对吗？”他说，“你最好还是过去，老兄。”男人走回车头，跳进驾驶室，然后卡车开始移动。

奥尔登返回检查站，爬进父亲的卡车，父亲朝他靠过来。“简直难以置信，”他微笑着低声说，“这些家伙完全是外行。刚才那个‘歌蔑[①]’查了座位后面，看到那个木箱，甚至都没问我里面是什么。”

“哦，是吗？”

“她肯定以为那是工具箱。我一点都没退缩，奥蒂。丝毫没有。”

他父亲松开气闸，缓缓驶出站口。“我跟威廉森又通过电话，”他说，“交易取消了。我想今晚没必要再赶了。”然后他开出一个大大的U形转弯。在美国海关，他们开到一个亭子间，里面有个肩上绣着美国国旗的官员，他头耷拉在胸口，闭着眼睛。奥尔登已经忘了时间，但他估计快凌晨三点了。

“我错过了出口，回普拉茨堡。”他父亲说。

“稍等。”那个官员说。他用拇指按了下装在墙上的对话器，对着它咕哝了几句。然后他说：“你们刚进过加拿大？”

“没有，先生。”他父亲说。

“你们没有刚进过加拿大。”男人说。

“进过，”奥尔登说，声音有点太响，“是的，先生。进过。”

“进过？”男人问。

“我们进了加拿大，但提货取消了，”奥尔登说，“因为天气原

① 《圣经》人物，先知何西阿之妻，多次对丈夫不忠。

因他们改期了。”

“先生？”男人问。

奥尔登的父亲点点头：“没错。”

“抱歉搞混了，先生。”奥尔登说。

“我建议你们快点住下，雪这么大。”男人说。

“会的。”奥尔登说。

“走吧。”男人说，挥手让他们通过。

刚积在云杉上的一点雪很快就被强风吹散了。他父亲点燃一支云丝顿。“下次由我来讲。”他终于说话了。他像个侦探那样从嘴里喷出烟雾。

“我不想你再把事情搞砸。”奥尔登说。

“哦，太感谢了，”他父亲说，“感谢你救了我，儿子。你是我的救星。”

“你知道，”奥尔登说，“我是救自己，不是救你。”他几乎是脱口而出，这让他有点发愣，于是他捏捏自己胳膊，努力再去盯着高速公路上的白线。剩下的路他和父亲都沉默不语。

当他们抵达汽车旅馆时，他父亲把松木箱放进拖车，并让加热器开着。

房间很昏暗，墙纸是水彩的鹿、驼鹿立在棕色和黄色的芦苇中。只有一张床，特大床，奥尔登在父亲身边躺下。当他们关掉灯时，停车场的光从窗帘透了进来。在微弱的光线下，他瞥了一眼父亲，父亲把被单掖进胳肢窝，两只手臂放在被子外面。“你的生日没能按计划进行，”他说，“本来我们可以在蒙特利尔租双溜冰鞋，去河上走走。”

“没关系。”奥尔登说。

“下次。”他父亲说。

“好的。”奥尔登说，但他知道再也不会有下次了。

这时他父亲坐起来，打开灯。“有了。”他说。他只穿条白色三角裤，套上靴子，抓了车钥匙，打开房门，然后走进雪中。几分钟后，他回来了，胸膛红扑扑的，胳膊下夹着那只木箱。他把它平放在床上，用钥匙串上的瑞士军刀卸开侧面。他移开嵌板，让画框从泡沫护套中滑出来，然后撕掉半透明的包装纸。

奥尔登把几个枕头垫在脑后，看着父亲——身上只有内裤和靴子——把那幅画放到电视机前。

一只树蛙占满了大部分画布——它体型巨大，油光发亮，栖息在草丛中。它背上的阳光让它皮肤显得发白。青蛙不是现实主义画法，但光线却是。“老天，”他父亲说，“瞧这什么破玩意。”

“你喜欢吗？”奥尔登问。

“我挺喜欢，”他父亲说，“你呢？”

“当然。”

“不是我想要的，但也不赖。我还以为是别的什么。”

“蒙娜丽莎?”奥尔登问。

“嗨，别自以为是。”他父亲双臂抱在胸前，盯着那幅画。“我百分之九十九确信它是某件小幅的塞尚作品，画里有苹果的。”

“还好你没偷这幅。”奥尔登说。

“你说得对，小兵。”

“我是说，这幅青蛙很不错，但如果它不是你想要的……”

“级别完全不同。你是对的，”他父亲说，“嗨，也许我们还是应该去加拿大。明天。就去玩玩。”

“我想回家了。”奥尔登说。

“好吧。”他父亲说，专注地盯着那幅画。“我想该睡会儿觉了。”他钻回被子里。他第二次熄灭电灯，然后说：“那么，生日快乐。”

“谢谢。”奥尔登说。在黑暗中他侧耳去听卡车加热器的声音，但现在听不见了。

奥尔登一边努力入睡，一边回忆起父亲离开缅因州的那天——他带奥尔登出去吃早餐，但他已经不记得他们说过什么了。奥尔登怀疑他父亲当时很愧疚。他只能愧疚。然后奥尔登和他一起去了埃里森波特，去拿骆驼的钱——他把它们卖了。(奥尔登还记得那些骆驼，或许印象不是来自最后去的那次，但他记得它们在小围场里慢慢走动的样子，看上去好奇而高贵。）接着是下一个镜头：父亲把钱按进他手里，一小叠光滑的钞票，让他带回去给母亲。他喜欢那种感觉。他并不完全清楚那个动作的含义，但他知道这是件好事，会让情况有所改善，而且他很乐意做个传送员。他很乐意做他们的中间人。奥尔登忘了自己是怎么一个人独自走回家的。的确，一切不知不觉就过去了。（当他看着镜中的自己，常常感到一丝惊讶，仿佛大部分时候他都没注意到自己跟其余世界是分离的。）在某种程度上，他感觉这没问题——白天，孤独使他振作。但此刻，在旅馆房间，他只感到寂寞。父亲睡在身边，奥尔登感到一种新的忧伤，仿佛知道了一个永远不能讲的秘密。

村上春树

（一九四九年，生于京都）

说是最后赠送的礼品也好，画蛇添足也好，这里收录了一篇译者兼编者村上写的生日主题短篇小说。专门为这本书写的。

记得你二十岁生日那天自己做了什么吗？我可是记得一清二楚。一九六九年一月十二日那个冷飕飕的半阴不晴的冬日，我在酒吧里打工，当服务生。因为找不到替班的人，想休息也休息不成。结果那天直到最后的最后连一件开心事也没有。（那时候）觉得那似乎在暗示我日后整个人生的走向。

这个故事里面，主人公女孩在孤独中迎来了和当时的我差不多、同样不怎么美妙的二十岁生日。日落天黑，又下起了雨。而在最后的瞬间，莫不是有某种类似重大转机的东西在等待着她？

生日女郎

村上春树

二十岁生日那天，她和平日一样当女服务生。虽说星期五总是由她当班，但这个星期五晚上本来她可以不当班的——和另一个打工女孩换了班。不用说，在厨师的呵斥声中往桌子上端送南瓜汤丸和油炸海鲜，很难说是二十岁生日的常规过法。只是讲好换班的女孩患感冒爬不起来了，高烧近四十度，腹泻不止，症状根本不允许上班。这么着，她只好急忙赶来了。

“没什么可介意的，”电话中她反倒安慰对方似的说，“也并不是说二十岁生日就一定有什么。”

实际上她也没怎么感到失落。原因之一，是跟原定一起过生日之夜的男朋友几天前狠狠吵了一架。从高中时代就一直在相处，吵架的起因也没什么大不了的。不料说话说拧了，唇来舌去，针锋相对，结果大吵一顿。吵完，觉得原来连接两个人的纽带受到了致命的损伤。她身上有什么像石头一样僵死掉了。之后他没打来电话，她也没心思打过去。

她打工的地方是六本木一家小有名气的意大利饭店，六十年代中期就开业了。上桌的菜式虽说没有与时俱进的锐气，但味道本身极为地道，百吃不厌。店堂气氛也没有强加于人之处，温和得体，让人心情释然。较之年轻客人，年纪大的回头客居多。也是因为位置的关系，有名的演员和作家也会置身其间。

两个男服务生是固定工，每星期上六天班。她和另一个学生临时工轮换，每人三天。此外有一名领班经理，收银台坐着一名中年女性。据说此人从开业时就一直坐在那里。一如狄更斯《小杜丽》中那个郁郁寡欢的老太婆，极少从座位站起身。从客人手里收钱，电话铃响拿起听筒。此外的事一概不做。若非迫不得已，绝不开口。身上始终穿一件黑色连衣裙。看样子甚是冰冷而坚硬——倘若浮出夜幕下的海面，船撞上大有可能下沉。

领班经理年约四十五六，高个头，宽肩膀，年轻时想必是运动员体型，但眼下肚子和下巴已开始有了赘肉。头发又短又硬，脑顶那里略显稀薄。一种上年纪的独身男人挥之不去的某种气味儿悄然飘浮在他四周。那似乎是止咳糖和报纸在抽屉里一起放了很久的气味儿。她的独身叔父也带有相似的气味儿。

领班经理总是一身黑西装、白衬衫加蝴蝶领结。那的确是用手打的领结，不是嵌钮式的。即使不看镜子也能巧妙地打得完美无缺是他的自豪。他的职责是：确认客人的出入，把预约情况输入脑袋，记住常客姓名并在他们到来时微笑致意，客人发牢骚时一本正经地侧耳倾听，尽可能详细回答葡萄酒方面的专业性提问，以及监督男女服务生的工作表现。他无懈可击地日复一日履行自己的职责。职责还有一项：把晚饭送去老板房间。

“老板在饭店所在大楼的六楼有自己的房间，不知是住所还是办公室。”

一个偶然的机会，她和我谈起了各自的二十岁生日，谈那是怎样的一天。一般人都清楚记得的二十岁生日。她迎来二十岁生日已是十多年前的事了。

“可是不知什么缘故，老板绝不在店堂露面。能见到老板的只有领班经理——往那里送饭也是他的职责。所以，我们在下面打工的三个人，谁也没见过老板什么样。”

“就是说，老板每天吃自己饭店的外卖套餐？”

“是那样的，”她说，“每晚八点一过，经理就把饭菜送去老板房间。对饭店来说正是最忙时候，那种时候没有经理到底不大好办，但那是过去就定下的规矩，奈何不得。饭菜放在宾馆房间服务用的那种小手推车上，经理以令人肃然起敬的神情把小手推车推进电梯，大约十五分钟过后空手返回。一小时后再次上楼，把放着空了的杯盘的小手推车推回。一成不变，天天如此。刚开始看了，觉得非常不可思议。简直像宗教仪式，是吧？一来二去看惯了，也就无所谓了。”

老板吃的始终是鸡。烹调法和所配蔬菜多少因日而异，但主菜必是鸡肉无疑。年轻厨师小声告诉我，一次他试着整整一星期连续烧鸡肉丁，老板却毫无怨言。不过作为烹调师，他还是尽可能设法变换。历届厨师也都变着法子挑战所有的鸡肉做法，还做了考究的调味汁。鸡肉采购来源也换了好多地方。然而所有努力都像把石子扔入无底洞一般全无反响。这么着，所有厨师最后都灰心丧气，转而每天每日做普普通通的鸡肉菜式。是鸡即可——这是老板对烹调师的所有要求。

十一月十七日即她二十岁生日那天，工作也是和平日一样开始的。偏午时分啪啪啦啦下起了雨，傍晚变成倾盆大雨。五点员工集合，经理做关于当日特色菜的说明。男女服务生必须一字一句死背硬记。不存在作弊纸条。米兰风味小牛排、沙丁鱼甘蓝意面、甜栗奶油冻。根据情况经理会装作客人问问题，员工必须给予回答。之后有员工用的饭菜上来，即所谓工作餐。毕竟，在餐桌旁向客人介绍菜谱时自家肚子咕咕叫那种状态是务必避免的。

开门时间是六点，但由于劈头盖脑的大雨，客人比平时来得迟。若干预约取消了。女性不喜欢裙子被雨淋湿。领班经理满脸不悦地把嘴唇闭成“一”字，男服务生们或擦盐瓶，或和厨师聊怎么做菜。她一边望着只有一伙客人的店堂，一边听天花板扩音器低声流淌的羽管键琴音乐。店堂里也荡漾着晚秋骤雨浓重的气息。

经理情形不对头出现在七点过后。他有气无力地摇晃着，然后一屁股坐在椅子上，按肚子按了好一会儿，就好像被子弹击中了。额头冒出油汗。他用低沉的声音说最好去医院。经理身体出问题是极为罕见的事。他在这店里已经干十多年了，一次都没耽误过工作。没得过病，没受过伤。这也是他为之自豪的一点。现在那张痛苦得扭歪的脸，表明症状相当不妙。

她撑伞出门，拦住一辆出租车。一个男服务生扶着经理身体让他坐进出租车，送去附近一家医院。坐进出租车前经理用嘶哑的语声对她说：“八点把饭送去604房间。按门铃，说饭来了，放下就行了。”

“604房间？”她说。

“八点整。”经理强调一句，随即皱起眉头。

出租车门关上，经理离去。

经理离去后，雨丝毫也没有减弱，客人也零零星星。餐桌始终只一两桌有人，因此少了经理和一个男服务生也不碍事。说幸运也算幸运，毕竟全员出动也应付不来的场景屡见不鲜。

时值八点，老板的饭菜准备妥当，她当即推小手推车进了电梯，上至六楼。软木塞拔出一半的小瓶葡萄酒、咖啡壶、鸡肉、温度合适的什锦蔬菜、带黄油的卷形面包，一如往日。狭窄的电梯内忽一下子充满沉甸甸的肉食味儿。间有雨味儿。不知谁携带湿漉漉的雨伞上过电梯，脚下有一小汪水。

她沿着走廊往前走，在标有604号码的门前停住，再次在脑袋里确认经理交待的号码：604。她轻咳一声，按下门旁的门铃。

没有回应。她就那样在门前站了二十秒。正要重按门铃的时候，门突然朝里打开，闪出一位瘦小的老人。身高估计比她矮十厘米。身穿深色西装，戴着领带，白衬衣，仿佛枯叶颜色的领带。浑身上下整洁利落，一道皱痕也没有。白发梳理得一丝不苟，看样子这就要去哪里出席晚会。额头刻着好几条深深的皱纹，令人联想起航空摄影图片中幽深的山涧。

“给您送饭来了。”她声音沙哑地说。而后再次轻咳一声。紧张起来，声音总是沙哑。

“送饭？”

“是的。经理忽然身体不适，今天我替他给您送来了。”

“原来这样，”老人一只手依然搭在球形拉手上，像说给自己听似的说道，“唔——，身体不适？”

“是的，肚子突然痛了起来，去医院了。他本人说可能是阑尾炎。”

“那是不合适啊！”说着，老人用手指轻轻摸了摸额头皱纹，“那可不成！”

她轻咳一声：“请问，饭送到里面可以吗？”

“啊，当然，”老人说，“当然当然。我无所谓，如果你希望那样。”

如果我希望那样？她心想。说法相当奇妙。我到底希望什么呢？

老人把门大大敞开，她把小手推车推进房间。房间地板铺有灰色短毛地毯，可以不脱鞋直接入内。较之住所，看上去更像办公场所。迎门的尽头是宽敞的书房。从窗口望去，灯火辉煌的东京塔近在眼前。桌前有一张大办公桌，桌旁有一套简约的沙发。老人指了指沙发前的茶几。铺着透明塑料板的狭长的矮茶几。她把饭菜摆在茶几上，白餐巾和刀叉整齐配好。咖啡壶和咖啡杯，葡萄酒和葡萄酒杯，面包和黄油，以及配有蔬菜的烧鸡肉丁盘子。

“一小时后我还来，餐具就请像往常那样拿到走廊里可好?”她说。

老人饶有兴味地打量一阵子摆好的饭菜，而后像忽然回过神似的应道：“啊，当然，当然拿到走廊里，放在小手推车上，一小时后——如果你希望那样。”

不错，那是我希望的，眼下，她心里想道。“此外您还有什么事吩咐我吗?”

“啊，我想此外没什么事了。”老人略一沉思说道。他穿一双擦得锃亮的黑皮鞋，小号，十分别致。好个注重时尚的人，她想，作为他这个年纪，站姿也相当端正。

“那么，就请允许我告辞了。”

“啊，稍等!”老人说。

“好的。什么事呢?”

“小姐，给我大约五分钟时间可以吗?”老人说，“想和你说说话。”

小姐? 听这么一说，她不由得脸红了。“好的，我想应该没关系的。也就是说，如果五分钟的话。”毕竟自己是给此人计时雇用的。尤其这个时候，时间更无所谓给不给的。何况老人看起来不像行为不端之人。

“对了，你多大了?”老人在桌旁抱臂站定，视线直直地看着她的眼睛问。

“到二十岁了。”她说。

“到二十岁了，”老人重复一遍，就像窥看什么缝隙一样眯细眼睛，“所谓到，就是说到了没多久？”

“嗯。或者不如说刚到，”略一沉吟，她补充一句，“说实话，今天是生日。”

“原来这样，”老人恍然大悟似的摸着下巴说，“啊，是吗？原来这样！今天这个日子，原来是你二十岁生日。”

她默默点头。

“距今二十年前的今天你出生在这个世上？”

“是，是那么回事。”

“原来这样，原来如此，”老人说，“好好，祝贺祝贺！”

“谢谢谢谢！”她应道。想来，今天一整天还是第一次被人祝贺生日。回到宿舍，倒是可能有父母的留言进入“留守电话”。

“值得祝贺，”老人重复道，“非常可喜可贺！如何，小姐，用红葡萄酒干杯好吗？”

“谢谢谢谢！可我现在是工作时间。”

“一口无所谓吧？既然我说行，那么谁都不会责怪你。只表示祝贺即可。”

老人取下红葡萄酒的软木塞，为她往葡萄酒杯倒了一点点，又从带玻璃门的小壁橱里拿来极普通的小杯，往里面为自己倒进葡萄酒。

“祝你生日快乐！”老人说，“小姐，祝你人生丰富多彩，任何东西都不能将阴影投在那上面！”

两个人碰杯。

任何东西都不能将阴影投在那上面——她在脑袋里重复老人的台词。为什么此人采用这种多少不同寻常的说话方式呢？

“二十岁生日在人生中仅有一次。那是完全无可替代的宝贵东西，小姐！”

“是的。”她应道。随后小心翼翼啜了一口葡萄酒。

“而且，在这么特殊的日子里，你特意把晚饭送到我这里来，恰如善解人意的精灵。”

“可我只是经理说什么我做什么。”

“即使那样！”说着，老人轻轻点了几下头，“即使那样！美丽的小姐！”

老人在桌前皮椅弓身坐下，让她坐到沙发上。她手拿葡萄酒杯在沙发边浅浅坐下。并拢双膝，拉了拉裙子。又轻咳一声。雨点仍在窗玻璃另一侧勾勒线条。房间里静静的，静得难以置信。

“今天正巧是你二十岁生日，并且你为我特意送来温暖的绝好晚餐。”老人再度确认似的说。说罢，砰一声把玻璃杯放在桌面。

“这也可以说是某种缘分。你不这样认为吗?”

她不无困惑地点头。

“因此,”说着,老人把手放在枯叶色领带结上,“作为我,小姐,我想送你一样生日礼物。二十岁生日这个特殊日子,是需要特殊纪念品的,不管怎么说。”

她慌忙摇头:“求您、请求您别把这事放在心上,我不过是按上头的吩咐把饭送来罢了。”

老人手心朝前举起双手。“不不,不应放在心上的应该是你。虽说是礼物,但并不是有形有样的东西,也不值钱。就是说,”他双手置于桌面,再次缓缓吐了口气,“就是说,我想满足你一个心愿。可爱的精灵小姐,想满足你希望实现的事,什么都可以,什么心愿都没关系。当然我是说如果你有心愿的话。”

“心愿?”她用干涩的声音问。

“心愿,但愿如此的心愿。小姐,也就是你希望实现的事。假如你有这样的心愿,我会满足一个。最好仔细想想。那就是我能够给你的生日礼物。可是只有一个,要仔细想清楚才好,”老人竖起一根手指,“仅仅一个,过后反悔是不成的。”

她无言以对。心愿?雨被风刮得打在窗玻璃上,发出不规则的响声。沉默持续时间里,老人一声不响地注视她的眼睛。她耳朵里不规则地振动不止。

“如果我有什么心愿，就会如愿以偿？”

老人没有回答。只是微微一笑，非常自然而友善的笑容。双手仍整齐地放在桌面。

“小姐，你是有心愿呢？还是没有呢？”老人以温和的声音这样询问。

她看着我。“这个、这可是真事哟！不是随意编造的。”

“当然。”我说。她当然不是随意编造什么那种性格的人。“那么，当时你道出什么心愿了呢？”

她又看了我一会儿。然后轻轻叹了口气：“我也并没有把老伯说的话完全当真。已经二十岁了，二十岁不是童话世界。不过，假如是即席幽默的话，那岂不太俏皮了？一位相当风趣的老伯，我也想顺水推舟。毕竟是二十岁生日，就算发生多少不一般的事，那不也是可以的吗？我是那么想的。至于信还是不信，那不是一回事。”

我默默点头。

“我的心情能理解吧？什么事也没发生，什么人也没说一句生日快乐——我就在这种情况下，在运送淋有鳀鱼调味汁的煎蛋饼当中即将白白度过一天，尽管是二十岁生日。”

我再次确认地点点头。“理解。”我说。

“所以我将计就计说出了一个心愿。”她说。

老人一言不发地久久看着她，双手依然置于桌面。桌面上放着几本仿佛账簿的厚墩墩的文件夹。还有笔类、台历、带绿罩的灯。他的一双小手宛如文具的一部分放在那里。雨点仍在叩击窗玻璃，东京塔的灯光在对面隐约可见。

老人的皱纹约略变深：“就是说，这就是你的心愿，嗯？”

“是、是的。”

“就你这个年龄的女孩来说，我觉得这个心愿有些与众不同，”老人说，“说实话，我本以为是另一类心愿来着……”

“如果不合适的话，就换成别的，”她说，然后轻咳一声，“别的也没关系，想想就是。”

“不不，”老人举起双手，像摇晃旗帜一样来回晃动，“不是不合适，绝对不是。只是吃了一惊，小姐！就是说，你没有其他心愿了？例如，对了，想变得更漂亮啦，想更聪明啦，想成为有钱人啦什么的——不是这些也无所谓，对吧？不是普通女孩朝思暮想的事……”

她花时间搜索词语。那段时间里老人什么也没说，只是静静等待着，双手在桌面上静静排列整齐。

“我当然想变得漂亮，想变得聪明，也想成为有钱人。问题是这些一旦如愿以偿，我很难想象自己会变成什么样子。有可能反而不知怎么对待。我还没能很好地把握人生这个东西，真的，还不知道它的结构。”

“原来这样，”老人合拢十指，又松开，“原来是这样。”

“这样的心愿也可以的？”

“当然，”老人说，“当然可以，我这方面毫无问题。”

老人突然凝视空间的某一点，脸上的皱纹更加深了：就好像聚精会神思考什么时大脑的纹路。看上去他正在注视空间飘浮的什么——比如小得肉眼看不见的细微的羽毛。而后摊开双手，轻轻欠了欠身，手掌猛然合在一起。“啪”，干脆而短促的声音随之响起。接着，他在椅子上坐下，指尖慢慢摩挲额头的皱纹，似乎要让它舒展开来。然后静静现出笑容：“可以了，你的心愿这就实现了。”

“实现了？”

“啊，你的心愿已经如愿以偿。简单得很，”老人说，“美丽的小姐，生日快乐！小手推车在走廊外面，不用担心。继续做你的事吧！”

她乘电梯返回店堂。或许因为空着手，感觉上身体分外轻盈，好像走在飘忽忽的莫名其妙的东西上面。

“发生什么了？一脸呆愣愣的表情！”年轻些的男服务生朝她打招呼。

她不置可否地笑笑，摇头道："是吗？什么也没发生。"

"嗳，老板长什么样？"

"不清楚，没看清。"她冷冷地回答。

一个半小时后她去收餐具。餐具已放在走廊小手推车上。拿起盖子一看，吃得干干净净。葡萄酒瓶和咖啡壶也空了。604 房间的门无动于衷地关着。她默默看门看了片刻。门似乎马上就会打开，但没开。她把小手推车用电梯带到下面，推去清洗间。厨师一如往常看着一扫而光的碟盘，面无表情地点了下头。

"那以后再没见到老板，"她说，"一来经理终归只是肚子痛，第二天就开始自己送饭了。二来过了年我就辞工不干了，再没去过那家饭店。为什么不晓得，只是觉得还是不靠近那里为好，只是觉得，作为预感。"

她一边思索什么一边用手指摆弄纸做的咖啡杯垫。

"时不时觉得二十岁生日那天夜晚发生的事全是梦幻，觉得好像有类似某种作用的什么，使得原本不存在的东西分明存在过似的。不过嘛，那可是完完全全实有其事的哟！那个 604 房间里的一件件家具和摆设，至今都能让我一一记起，包括所有细节。那是实际发生的事，应该是有关键性寓义的。"

我们沉默了一阵子，喝各自的饮料，想各自可能与此无关的事。

“有个问题，可以问吗？”我说，“准确说来，会是两个……”

“请请，”她应道，“不过，我猜，你首先想知道的，大概是我当时说出的是什么心愿吧？”

“可看上去你好像不大想讲。”

“看上去？”

我点头。

她放下杯垫，像在凝视远处的什么似的眯细眼睛。“心愿那东西，是不可以讲给别人听的，肯定。”

“我也不是硬要打听，没那个意思，”我说，“我想知道的，首先是那个心愿是不是真的实现了？其次，你后来为自己当时作为心愿选择那个——无论那个是什么——感到后悔了没有？就是说，没觉得要是选别的就好了？”

“对第一个问题的回答是 Yes，也是 No。一来人生往下好像还长着，二来我并没有把事情的流程看到最后。”

“是花时间的心愿？”

“是的吧，”她说，“时间在其中发挥着重要作用。”

“如同某种烹饪？”

她点头。

我就此想了想。但我脑海中浮现出来的，只是在低温电烤箱里慢慢烤熟的硕大的馅饼。

“想问的第二个是什么来着?”

“你有没有为作为心愿所选择的感到后悔?”

沉默片刻。她将没有纵深感的眼睛转向我,嘴角漾出干涸的笑影。那让我感觉出类似静悄悄的无奈那样的元素。

“我同大我三岁的注册会计师结了婚,现已有了两个孩子,”她说,“一个男孩儿一个女孩儿。养一条爱尔兰塞特猎犬。每星期开着奥迪和同性朋友打两次网球。这就是我当下的人生。”

“好像并不那么糟。”我说。

“哪怕奥迪的缓冲杠有两个凹坑?”

“可缓冲杠就是为了凹坑而加上去的。”

“要是有那样的贴纸就好了,”她说,“上面写‘缓冲杠为凹坑而存在’。”

我注视着她的嘴角。

“我想表达的是,”她不动声色地说道,而后搔了下耳垂,耳垂形状很可观,“人这东西,无论有什么心愿,无论去到哪里,都不可能成为自己以外的存在。如此而已。”

“这种贴纸也不错,”我说,“上面写‘人这东西,无论去到哪里,都不可能成为自己以外的存在’。”

她出声地笑了,笑得很开心,刚才阴影倏然不知去向。

她把臂肘支在吧台，看着我。“假如处于我的位置，你会道出怎样的心愿？”

“你是说在我二十岁生日的那晚？”

“嗯。”

我花了点时间思考。但心愿那玩艺儿一个也想不出来。“什么也想不出来，”我如实相告，“况且，我离二十岁生日实在太远了。”

“真想不出来？”

我点头。

“一个也没有？”

“一个也没有。”我回答。

她又一次看我的眼睛，眼神非常坦率，然后说：“那是因为你的心愿早已达成了。”

“只有一个，要仔细想清楚，可爱的精灵小姐！”在某处黑暗中，戴着枯叶领带的小个子老人朝上竖起一根手指，“只一个，过后反悔是不成的。”

致谢

"The Moor" in *The Angel on the Roof* by Russell Banks:

"Dundun" in *Jesus'Son* by Denis Johnson:

"Timothy's Birthday" in *After Rain* by William Trevor:

"The Birthday Cake" in *The Last Good Man* by Daniel Lyons:

"Turning" by Lynda Sexson in *Hamlet's Planets: Parables:*

"Forever Overhead" by David Foster Wallace in the collection *Brief*